栖原依夢
Imu Suhara
illust.吉武Yoshitake
最強勇者の弟子育成計画
Raising Project: a pupil of the strongest Brave
宝島社

ウリエル
天界からやってきた天使でギルド長。アデルとは160年前からの知り合い。
カリーナ
貴族の名門、ラッセル家の娘。魔法の才能がまったくなく、弟子入り先が見つからないときにアデルと出会う。
アデル・ラングフォード(アキラ)
160年前に魔王を倒し、世界を救った勇者にして最強の魔術師。隠遁していたが、アキラがアデルとして転生したことで世間に現われる。

ヘレナ
カリーナの友人。
魔道具制作が得意で、生産系の流派に入門した。
エミリア
カリーナの友人。
トウェーデ魔法学院始まって以来の天才で、魔法大会の優勝候補最有力。
Raising Project
a pupil of the strongest Brave
Presented by Imu Suhara

「あらカリーナさん、ごきげんよう」
「……ごきげんよう、レベッカさん」
声を掛けてきたのは、
カリーナと同じ高位貴族の娘である、
レベッカ・ミルフォードだ。
「いい加減、貴族の品位を
疑われるような真似は、
やめて下さらないかしら？」

最強勇者の弟子育成計画

Raising Project: a pupil of the strongest Brave

栖原依夢
Imu Suhara

illust.吉武 Yoshitake

宝島社

CONTENTS

Raising Project
a pupil of the strongest Brave

第一話——目覚め

The 1st story

Raising Project; a pupil of the strongest Brave

目を覚ますと、いつものベッドの上……ではなく、硬い机の上でうつぶせになっていた。

頭を支えているのも、柔らかい枕ではなく自分の腕。

けっこう長い時間眠っていたのか、ちょっと痺《しび》れている。

腕に走るピリピリとした感覚に顔を顰《しか》めながら辺りを見回してみると、自分が住んでいる部屋ではない……だが、どこか見覚えのある内装が目に映った。

年季の入った濃い茶色の木で造られた床や天井。

分厚い本がギッチリと詰まった棚に、白い光の玉が浮いている不思議なランプ。

パチパチと音を立てながら、中で火が揺らめいている暖炉。

西洋アンティークな雰囲気の、心温まる良い感じの部屋だが……俺の部屋ではない。

俺の部屋はもっと狭かったし、こんなにお洒落じゃなかった。

俺が寝泊まりしていたのは、日本にならどこにでもある学生アパートの狭い部屋だったはずだ。

壁に飾られているのは高価そうな絵画ではなく、お気に入りのアニメのポスターだった。

棚の上に飾られているのは木彫りの芸術品ではなく、ポリ塩化ビニルとかプラスチック製のフィギュアだった。

それが一体、どうして……？

まだ覚醒しきっていない頭を懸命に働かせ、寝る前の記憶を掘り起こそうと試みる。

たしか俺は、自分の部屋でゲームをしていたはずだった。

人気ＲＰＧシリーズの最新作にハマり、通っている大学が夏休みだったこともあって、何日も徹夜でプレイしていたのだ。

膨大な時間を使ってレベルを最大にまで上げ、あらゆるアイテムを揃《そろ》え、おまけ要素も全てやり尽くしてから、ラスボスである魔王を倒しに行って――

とそこまで思い出したところで、俺はこの部屋が、そのゲームの主人公であるアデル・ラングフォードの自室に似ていることに気が付いた。

もちろんゲームなので、こんなにリアルには描写されていなかった。

だがゲームを現実で再現したら、きっとこんな風になるだろうと思える。

「まさか……」

俺はある可能性に思い至って、机の傍にある窓へと目をやった。

今は夜なのか、外が暗いせいで瓶底のような分厚い窓ガラスに、自分の顔が映る。

「――っ、誰だよ⁉」

彫りの深いイケメン顔に、思わずそう叫んでしまった。

いや、それが自分の顔なのは分かっている。

だが現実の自分とはあまりにも違いすぎて、まるで見知らぬ他人が、窓の外からこの部屋を覗《のぞ》いているように見えたのだ。

アデルの設定がゲーム通りなら、髪や瞳の色は日本人と同じ黒色だし、年齢も十九歳とリアルの俺とそう変わらないのだが……顔立ちは、完全に外国人のそれである。

上背も高くなっているし、もはや元の俺の面影は欠片《かけら》も残っていない。

今は自分のものになっているアデルの顔が、どこか気味悪く思えた。

俺はその嫌な気分を振り払うようにして、窓を開け放つ。

月明かりの下、広い庭を挟んだ向こうに鬱蒼《うっそう》とした森が見えた。

ここがアデルの家ならば、あれは幻幽の森と呼ばれる場所のはずである。

「マジかよ……」

空に浮かぶ月は二つ。

幻幽の森からチラチラと立ち上る、六色に輝く精霊の光。

間違いない。

ここは、自分がハマっていたゲーム、【エレメンタル・スフィア】の中の世界だ。

「……痛い」

確認のために頬をつねってみたが、ちゃんと痛い。

どうやら、夢ではないらしい。

俺は呆然《ぼうぜん》とした気持ちで、椅子の背に体重を預けた。

なぜ？

どうして？

一体、何が起こった？

元の世界の俺はどうなっている？

様々な疑問や不安が頭に浮かぶが、当然答えは出ない。

しばらく混乱したまま椅子に座り込み、長い長い時間をかけて、ようやく俺は「何も分からない」から、「今は考えてもしょうがない」という結論に至った。

きっと、頭の良い人間ならもっと早く割り切るのだろう。

だが、俺は凡人なのだ。

こんな時は、つくづくそう思う。

追い詰められるとやたら理屈っぽくなるが、建設的なことは何一つ言えず、口から出るのはプライドを守るための屁理屈《へりくつ》ばかり。

俺は自分を、そんなちょっと情けない人間であると思っていた。

自虐で危うく気分が落ち込みそうになったので、さっさと思考を切り替えることにする。

ひとまず過去のことに結論が出たら、次に頭に浮かぶのは未来の話。

分かりやすく言うと、「これからどうしよう？」という単純なものだ。

油断すれば混線しそうになる思考の手綱を握るべく、考えるべきことをピックアップしてみる。

今重要なのは、この世界で生きるための衣・食・住だろう。

ゲームである【エレメンタル・スフィア】のことは知り尽くしているが、この世界の何もかもがゲームと一緒であるとは限らないのだ。

一つ一つ確認していく必要がある。

まず服はゲームでの装備品であった魔法使いのローブなどを着ているので、問題なさそうだ。

強いて言うなら、実にゲーム的なデザインの装備品なので、ちょっと恥ずかしいということぐらいか……。

ゲームのキャラが着ている分には、「なんか強そうで格好いい！」と素直に思えるのだが、実際にリアルで着ていると、単なる中二病のように思えてしまった。

後で、できるだけ地味な服を探して着替えようと思う。

次に確認するのは食。

一人暮らしをしていたので、軽い自炊ぐらいはできる……のだが、一般的な大学生でしかなかった俺には、畑などを作って自給自足する知識はない。

動物を狩っても、解体とかできる気がしない。

下手に調理して、お腹を壊しても困るし。

つまり今の俺が食べる物を手に入れるには、どこかで買い求めなければならないのだ。

その費用のことを考えると、まとまったお金もいるだろう。

そういえば、ゲームで貯めていたお金はどうなっているんだ？

と、考えた瞬間、目の前に半透明なパネルのようなものが浮かび上がった。

所持金　９９９９９９９９９Ｇ

表示されたウィンドウは、ゲームと全く同じデザインをしていた。

中に書かれてあった数字も、俺がゲームで貯め込んでいた金額そのままである。

試しに念じてみると、手の中に金貨らしきものが一枚だけ出現して、所持金の表示が９９９９９９９９８Ｇになった。

１Ｇにどれくらいの価値があるのか分からないが、一応金貨っぽいし、大丈夫じゃないだろうか？　流通しているお金がゲームと一緒とは限らないが……それならそれで、貨幣を交換する手段もあるだろう。多分。

これだけあれば、近くに街さえあれば生活に困ることはなさそうだ。

ふと所持金以外のことも気になったので、他にも何かないか色々試してみる。

まず、アイテムボックスなるものはあった。

中にはゲームで集めた装備品や消耗品がたっぷりとあり、出し入れ自由だ。

どうやらクリア後の所持品が反映されているようで、レアなものから平凡なものまで、ゲームにあったものは全て取り揃えられている。

メニュー画面からは、料理スキルも選択できるようだった。

それに使える食材もアイテムボックスの中に入っていたが、これは腐ってしまわないか不安だ。

今はこのまま中に入れておいて、駄目そうなら他に移すか処分するかしよう。

あと、マップ表示もできた。

真ん中に表示されている黒い点が俺で、今は他に何も映っていない。

これがもしゲームと同じなら、人や魔物が近付いてきた時、敵意を持っているなら赤、味方なら緑、それ以外は灰色で表示されるはずだ。

自分を中心として半径二十メートルぐらいの範囲しか表示されないので、今はあまり役に立たない。

ステータスも表示されたのだが……これはゲームと違い、随分と様変わりしていた。

ＨＰ、ＭＰ、知力、敏捷《びんしょう》、筋力、精神といった項目が消え、代わりに魔力、肉体強度、感応値の三つが追加されていたのだ。

魔力値　１７８９
肉体強度　１４２１
感応値　２３００

……これは多いのか少ないのか判断がつかない。

自分の記憶が正しければ、ＭＰと魔力値の数字が同じなので、ＭＰ＝魔力値なのだろう。

他の項目は……肉体強度はともかく、感応値が何なのかよく分からない。

これは追い追い、調べる必要がありそうだ。

ひとまずステータスのことは置いておいて、次に俺は家の中を見て回った。

だいたいはゲーム通りの造りをしていたが、家の中はともかく、外はめちゃくちゃ荒れていた。

薬草などの生産に使っていた畑は、長く伸びた雑草に埋もれていたし、飼っていた家畜は全て姿を消していた。

柵がほとんど崩れてなくなってしまっているので、逃げ出したのだろうか？

逆に、家の中はちょっと不気味なほど綺麗《きれい》だった。

どこにも、埃《ほこり》一つ落ちてない。

まるで、時間が止まってしまったかのような印象を受ける。

もしかして、そういう魔法でもかかっているのだろうか？

整いすぎて生活感が薄いのが気になるが、住に関しても心配することはなさそうだった。

生きていくための全部が揃っている。

寝床なんて、元の薄い布団なんかよりも、ずっと柔らかそうなベッドがあった。

一通り確認して気持ちに余裕ができると、今さらながら……本当に今さらながら、胸の奥からジワジワと歓喜が湧き上がってくる。

何せ、ファンタジーである。

書籍でもゲームでも、俺はファンタジーが大好きだったのだ。

しかもここは、俺がのめり込んでいた【エレメンタル・スフィア】の世界。

もう元の世界に帰れないかもしれないという不安よりも、この世界に対するワクワクとした気持ちが勝り、俺はジッとしていられなくなった。

まずは魔法を試してみようと、庭先に飛び出した……のだが、そこでふと気が付く。

どうやって魔法を使えばいいのだろうか？

ゲームなら敵と対面した時に戦闘画面に移行するのだが、念じてみてもコマンドは出てこない。

アデル・ラングフォードは、凄腕の魔法使いという設定だ。

だからか、身体能力の方はそれほど高くない。あくまで、魔法の力と比べたらの話だが。

つまり魔法が使えないとなると、最大の取り柄がなくなってしまう。

俺は、顎に手を当てて考え込み……ふと、戦闘の時にあったシステムを思い出した。

【エレメンタル・スフィア】では、主人公が魔法を使う際、ちょっとしたパズル要素があるのだ。

それは有名な某落ちゲーに似ているもので、集まってくる六色の玉……赤、緑、青、茶、黄、黒のうち、同じ色の玉が四つ揃えば消えるというものである。

例えば火属性の魔法が使いたければ赤の玉を、水属性の魔法が使いたければ青の玉を集める必要があり、難しい魔法であればあるほど、多くの玉が必要になってくる。

使おうとしている魔法に必要な数を揃えられなければ魔法は失敗するし、もたもたしていると敵に反撃されたりもする。

二属性の魔法を同時に使いたければ同時消し、連射したければ連鎖などといった小技もあった。

ゲームの中では、それらの玉は魔法使いにしか見えない精霊だという設定だったはずだ。

試しに俺は、その精霊を集められないか念じてみる。

すると、どこからともなく現れた光の玉が、俺の眼前に集まり出した。

俺は某落ちゲーも、ネット対戦で上位に入るほどにやり込んでいる。

その気になれば長い連鎖や同時消しもやれそうだが、今回は赤い玉を四つ揃えるのみにしておいた。

四つの赤い玉が融合し、弾けるようにして消えたところで、頭に浮かんだ火の呪文を読み上げる。

「【ファイア】」

夜の闇の中に、ボッと明るい火が灯った。

指先に灯ったそれに、目を見開いて凝視するも、すぐに消えてしまう。

だが今、俺はたしかに魔法を使ったのだ。

……やばい、楽しい。

もう、めちゃくちゃ興奮した。

現実では絶対にありえなかったことが、この世界では当然のようにできるのだ。

元々、寝る時間を惜しむほどに大好きだったこのゲーム。

この世界で、やってみたいことがどんどん増えてくる。

ひとまず今は、使える魔法がどんな風になっているか、順番に確認していこう。

こうして俺は、そのまま朝を迎えるまで、様々な魔法を試していったのだった。

The 2nd story

第二話――再会？とおねだり

Raising Project: a pupil of the strongest Brave

翌朝、俺は森を越えた先にある王都にまでやってきた。

徹夜で魔法の試し撃ちをしていたせいか、瞼《まぶた》が酷《ひど》く重い。

だが、たとえ今すぐベッドで横になったとしても、胸から湧き上がる興奮によって眠れることはないだろう。

忙《せわ》しなく行き交う人混みの中、辺境から上京してきた田舎者の如く、キョロキョロと辺りに視線をやる。

大きな声を張り上げて客寄せをする商人。

道の片隅に寄って、姦《かしま》しく雑談している女性。

街を巡回している騎士。

やたらと派手な装いをした、魔法使いらしき人。

笑いながら道を走る小さな子供達。

何もかもが新鮮で、ワクワクした。

時折、すれ違う人に微笑ましそうな視線を向けられるが、気にしない。

いや、本当は気にしてるし恥ずかしいけど、はしゃいでしまう気持ちを抑えられなかった。

たまに俺の服装を見て、見下したように鼻を鳴らす若い魔法使いがいるけど、これはよく分からない。

ゲームと同じであれば、ここはランドリア王国の首都のはずだった。

王都の中央にある巨大な城は、ゲームで見たものとよく似ているから間違いないだろう。

だがどういうわけか、城以外の街並みはゲームのものとは全然違っていた。

やはり、何もかもが一緒というわけではないらしい。

さて、どこから見て回ろうかと悩んでいたところ……ふと肉を焼いた時の香ばしい匂いが漂ってきたせいか、ちょっと腹が減ってきた。

なのでその匂いの発生源であった屋台にて、何かの肉を串に刺したもの……焼き鳥に似ている……を買おうとしたのだが、残念ながら断られてしまった。

所持していたお金が使えないというわけではなく、金貨を出されても、お釣りが支払えないとのことだ。

金貨を見せた時に驚いていたので、これ一枚でもそれなりに高額なのだろう。

聞けばギルドに行けば両替してもらえるとのことだったので、俺はまずギルドに向かうことにした。

【エレメンタル・スフィア】でのギルドとは、天界からやってきた天使が管理している、魔法使いの集まりの場だったはずだ。

魔界から迷い込んでくる魔物を、人間の魔法使い達に討伐させることで、地上の浄化を行っているらしい。

ギルド内に張り出された依頼を受けて、指定された魔物の討伐に向かい、討伐証明となるものを持ち帰れば、ギルドが報酬を払ってくれるというシステムだ。

ギルドはこの国だけでなく、世界中のあらゆる国々に存在している。

天使が運営しているといっても、ギルドの幹部以外は天使が雇った人間達が働いているのだが、職員として雇われた人間は中立の立場として扱われ、国に所属していることにはならない。

また、ギルドだけでなく世界中に散らばるカトラ教会を束ねる教皇や枢機卿《すうききょう》も天使であり、実質的に地上の覇権は天界が握っていると言っても過言ではなかった。

といってもゲームでは、魔族が関わらなければ各国の政《まつりごと》に口を出すことは、ほとんどないという設定だった。

王宮内で醜い権力闘争をしてようが、反乱が起ころうが、他国と戦争しようが、天使らは傍観を決め込むのだ。

もちろん人間が天使らに牙を剥けば反撃してくるだろうが、一部の例外を除いて、天使と人間の間には逆立ちしても超えられない強さの壁があるので、基本的に人間は天使に手を出さない。

とまあ、そんな設定を思い出しているうちに、俺は目的のギルドに着いた。

街並みが変わってしまっても、王城とこのギルドだけはゲームと同じ位置にあったので助かった。

……まあ場所が変わっていても、王城に匹敵しそうなぐらい大きな建物なので、迷うことはなかっただろうが。

組織としては同じでも、国の文化によってギルドの建物は全然違う装いをしている。

この国のギルドは、どこか荘厳な雰囲気を持つ白い塔だ。

正面の扉をくぐると、掃除の行き届いた清潔なフロアが広がっていた。

無駄がなく機能的で、王城のような華やかさはないものの、自然と背筋が伸びてしまう落ち着きがある。

フロアの奥にはカウンターがあり、幾人ものギルド員が、長蛇の列を作る魔法使い達に対応していた。

それにしても、何故かやたらと派手な装いの人が多い。

酷《ひど》い人になると、金一色のギラギラとしたローブを着込んでいる人までいるし。

目にも、精神的にも、痛々しいことこの上ない。

俺は金貨を両替してもらうべく列に並ぶと、近場にいた魔法使い達の視線がこっちに集まった。

背伸びした子供を見るような、生暖かい目を向ける者。

こちらを気遣い、心配そうな目を向ける者。

あからさまに見下して、鼻で笑う者。

反応は様々だが、微妙に居心地が悪い。

俺には、そんなにもお上りさん的な雰囲気が漂っているのだろうか？

まあこの建物に入ってからも、物珍しそうに視線をあちこちに向けていたから、そう思われるのも仕方ないかもしれない。

周囲の視線にソワソワしながら、待つこと数十分。

ようやく自分の番が回ってきて受付の前に立つと、対応する長い黒髪の若い女性が、眼鏡の奥にある鳶色《とびいろ》の双眸《そうぼう》を細めた。

泣きぼくろが似合っていて、とても綺麗な人なんだけど……どうしてだろうか？

視線が冷たく感じられて、とても背筋が寒いです。

「本日は、どのようなご用件でしょうか？」

「えっと、金貨の両替をして欲しいんですけど……」

「……貨幣の両替は、商業ギルドの管轄なのですが」

「えっ、何それ？」

思わずそう返してしまってから、すぐに気が付いた。

恐らく屋台の人から聞いた「ギルド」とは、「商業ギルド」のことだったのだろう。

ゲームでは商業ギルドなるものはなかったから、こっちのことだと勘違いしてしまったのだ。

俺の反応を見て何かを察したのか、受付の女性は小さく溜息をついた。

「ここは魔法使いギルドです。それも、四級以上の人のみを扱っている場所ですよ」

「あー……すみません、勘違いしてました」

「次からは、ちゃんと商業ギルドに行って下さいね。それで、何か身分を証明できる物はお持ちでしょうか？」

「え、もしかして両替してくれるのですか？」

「ええ、今回だけですよ」

今の俺は、いわばコンビニで両替だけをお強請《ねだ》りするような、たちの悪い客のようなものだろう。

さっさと追い返されても、文句は言えないのに……見た目は冷たそうだけど、どうやら優しい人のようだった。

心なしか、態度も先ほどより軟化しているような気がする。

後から聞いた話によると、最近は五級以下のランクしかないのに四級以上の依頼を受けようとしていた輩がいたらしく、警戒していたのだそうだ。

魔法使いは一般的に七級から一級に分かれており、数字が低くなるほど優秀な魔法使いとなっている。

四級以上からは危険な依頼が多く、五級以下の者には絶対に受けさせないことになっているとのことだった。

「うーん、身分証か……」

何かあったかな？

と、俺はアイテムボックスのリストを開いた。

重要品の項目をスクロールしていくと、丁度「ギルド証」というものを発見する。

ゲームの序盤でギルドに登録して手に入れていたはずなのだが、名前だけで使用することはないアイテムなので忘れていた。

俺はアイテムボックスからそれを取り出すと、受付の女性に手渡した。

「これで大丈夫でしょうか？」

「あら、随分と古いギルド証をお持ちなのですね……」

何気ない仕草で、受付の女性がギルド証の裏を見た。

——瞬間、彼女の動きが凍り付いたようにピタリと止まった。

しばらく動きを止めた後、ゆっくりと眼鏡を外して目頭を揉《も》み、「疲れているのかしら……」と呟《つぶや》きながら、またギルド証を見る。

そして、また固まってしまう。

何だか、このまま放置しておけば無限ループに入りそうな予感がした。

「何か問題でも？」

「ひゃいっ！」

俺が声を掛けると、受付の女性が悲鳴のような可愛らしい声を上げた。

うん、これがギャップ萌えというものだろうか。

普段は真面目そうな女性にそんな声を上げられると、ちょっとキュンとしてしまう。

「す、すみません、少々お待ち下さい」

顔を赤くしながらそう言うと、受付の女性は凄い勢いで奥へと走っていった。

ちょっとした異変に興味を惹かれたのか、近場にいた魔法使い達がこっちを見ている。

小心者なので、そんな風に注目されると背中がむずむずして落ち着かなかった。

しばらくして受付の女性が戻ってくると、彼女は俺に向かって深々と頭を下げた。

「さ、先ほどは大変失礼いたしました！　奥で、ギルド長がお待ちです」

近場にいた魔法使い達が、ざわっとなった。

「あいつは何者だ？」といった声が、ちらほらと聞こえてくる。

魔法使いギルドの長は、人間ではなく天使である。

普段は人間に気を遣ってか、あまり表に顔を出さない天使が、わざわざ直接会うのだという。

そんな待遇を受ければ、注目されるのもしょうがない。

何度も言うが、俺は小心者だ。

内心ではガチガチに緊張しながら、俺は受付の女性の案内に従って、奥にある階段へと移動したのだった。

長い長い階段を上って、塔の最上階にまでやってきた。

日本にいた頃の俺ならばヘトヘトになっていただろうが、今は体のスペックが高いせいか、全然疲れを感じていない。

俺を案内した受付の女性……ルアンナと名乗った彼女も疲れた様子は見せていないので、この世界ではこれぐらい普通なのだろう。

ルアンナは短い廊下の中ほどにある、大きな扉の前に立つと、手の甲で控えめにノックをした。

「ギルド長、アデル・ラングフォード様をお連れしました」

「は～い。入ってもらって～」

ルアンナが扉の向こうにいる者に声を掛けると、どこか間延びした言葉が返ってきた。

上司の許可を得てルアンナが扉を開くと、俺は促されるまま部屋に足を踏み入れる。

すると、背中に三対六枚の小さな翼を生やした天使が、満面の笑顔でこっちに駆け寄ってきた。

長い金髪に碧眼《へきがん》の双眸をした、やや目尻の低いおっとりとした印象を受ける女性だ。

興奮からか、乳白色の綺麗な翼がバサバサと動いて揺れている。

ついでに、胸のあたりを大きく押し上げているそれも、たゆんたゆん揺れている。

……彼女いない歴十九年。

女性に免疫がないので、つい目を逸らしてしまいました。

こういう時、眼福だと素直に拝める勇気が欲しい。

彼女は俺の前に立つと、感極まった様子で、俺の手を両手で包み込むように握ってきた。

「もうアデルったら、久しぶりじゃない～」

「えっ？」

「もしかして、分からないのかしら？　私、ウリエルよ」

「え……えぇ⁉」

ウリエルという名の天使は、ゲームでも主要キャラの一人として登場していた。

だが俺の知っているウリエルは、もっと幼い容姿をしていたのだ。

ゲームでは彼女の翼は二枚だったし、胸部にあんな凶悪なものは実ってなかった。もっと背が小さくて、ツルペタだった。

年齢が主人公と同じ設定だったため、てっきり合法ロリの類だと思っていたのだが……単に、天使の成長速度が遅いだけだったらしい。

別に残念だとか、そういうことはない。

決してない。

彼女は上機嫌にニコニコとしながら、続けて気になる発言をした。

「ふふふ、あなたと会うのは、百六十年ぶりくらいかしら？」

「……百六十年？」

「そうよ～。どこかに隠居したらしいとは聞いていたけど、ちっとも顔を出してくれないから寂しかったわ～」

さりげなく知らされた情報に、俺は顔に出さないよう努めながらも内心で驚いていた。

どうやらここは、ゲームの物語があった時代から百六十年後の世界らしい。

どうりで街並みが変わっているはずだった。

家の庭などが荒れ放題だったのも、納得できる。

というか、百六十年前から俺の外見が全く変わってないことに、疑問を抱かないのだろうか？

「俺が年を取ってないことに驚かないのか？」

「あら、いくら当時の私が子供だったからって、貴方が魔王を倒した時に不老の力を手に入れたことぐらい知ってるわよ」

俺が知らなかったよ！

いつの間に不老になんてなってたんだ……

そういえば魔王を倒してクリアはしたものの、肝心のエンディングは寝落ちして見ていなかった気がする。

立て続けに明らかになった新事実に、目を白黒させていると、ふとウリエルが不思議そうに首を傾げた。

「それにしても、アデルは何でそんな格好をしているのかしら？」

「え？」

「……ああ！　貴方の正体がバレると騒ぎになるものね～。アデルは昔から、目立つのが嫌いだったからね～」

そう言って、うんうんと勝手に納得するウリエル。

俺の服装のどこか変なのか教えて欲しいのだが、なんとなく聞きづらい雰囲気だ。

そういえば、外でもギルドでも、随分と奇異な目で見られていた気がする。

「そうそう、ギルド証のことなんだけどね～。アデルが今持っているのって、古いタイプのギルド証で、今はもう使えないのよ」

「あ、そうなんだ」

百六十年も経っているのだ。そういうこともあるだろうと、素直に納得する。

「それで、ギルド証を新しく発行することになるんだけどね。百年前に色々と規則が変わって、新規発行するには一つだけ条件があるの」

「ふむ？」

ギルド証は、魔法使いがこの世界で快適に生きていくために、必要になってくるものだ。

別にギルド証がないまま、もぐりの魔法使いとしてやっていけなくもないが……ギルドを利用できないのは、色々と不便ではあった。

だがそのギルド証を再発行する条件は、俺にとって少々やっかいなもので……

「数日以内に誰でもいいから、弟子を取ってくれないかしら？」

「……弟子？」

「そう、弟子」

手を握ったまま上目遣いで、何かをおねだりするような仕草をするウリエルに、俺は思わず頷《うなず》いてしまったのだった。

The 3rd story

第三話 ―― カリーナ

Raising Project: a pupil of the strongest Brave

「お嬢様、そろそろお時間です。お目覚めになって下さい」

いつもの侍女の声に意識を浮上させたカリーナは、鉛のように重たい瞼に力を入れて見開いた。

窓から差し込む春の日差しに照らされ、目に鋭い痛みを感じる。

体は重く、まだまだ寝足りないと関節の節々が悲鳴を上げていた。

このまま二度寝し、疲弊した頭や体を休ませたい欲求に駆られる。

だが、今の自分にそんな甘えは許されないことを思い出し、カリーナはベッドから無理矢理体を起こした。

やや切れ長の目の下には、色濃いクマができてしまっており、鼻筋の通った綺麗な顔立ちが台無しになってしまっている。

顔色も青く、立ち上がるなり体をふらつかせて倒れそうになるも、彼女は歯を食いしばってそれを堪えた。

カリーナが体調を崩しているのは、誰の目にも明らかだ。

しかし彼女の世話をする侍女は興味がなさそうに黙殺し、カリーナの赤みの強い栗色の髪を手入れし始めた。

目の下にあるクマはどうしようもないものの、それ以外はこれから朝食を共にする相手に失礼のないよう、身嗜《みだしなみ》みを整えていく。

侍女はカリーナに華やかな衣装を着せ、腰まで届く長い髪を念入りに梳《す》いて下ろし、両側面の髪を頭の後ろに回して一つに結んだ髪型……ハーフアップに仕上げていった。

一般的な平民の感覚なら、気心の知れた家族との食事でするような装いではない。

だが貴族の家……少なくとも、侯爵の位を持つラッセル家では普通の日常であった。

カリーナが父親との会食に臨むべく部屋の外へ出ると、廊下で彼女と同じ髪色をした男と出くわした。

今年で十三歳になるカリーナよりも、三つほど年上の青年だ。

「おはようございます、カラムお兄様」

軽く膝を折って挨拶をする彼女の姿に、カラムと呼ばれた男は、あからさまに顔を顰めた。

「……今日も元気そうだな、妹よ」

カラムの視線は、彼女の目の下にあるクマに向けられている。

明らかに皮肉なのだが、カリーナは黙って微笑みを浮かべた。

すると何が気に入らないのか、カラムは忌々しそうに舌打ちをすると、後は何も言わず彼女を置いて食堂へと向かっていく。

行き先は同じなので、カリーナもそれに続いた。

二人が食堂に入ってテーブルの定位置に着くと、それから少し時間を置いてやってきた壮年の男が、上座に腰掛けた。

くすんだ金髪の、柔和そうな顔立ちをした男だ。

名をアイザックといい、彼こそがこのラッセル家の現当主である。

カリーナの家族は、他にも年の離れた弟と妹がいるが、二人はアイザックが所有する領地の屋敷にいるので、王都に建てた別宅である此処《ここ》にはいない。

アイザックは食事が運ばれてくる前に、にこやかな表情で二人に話し掛けた。

「二人とも、最近の調子はどうだい？」

「特に何も。いつも通りです」

「……」

父親の問い掛けに、カラムは何でもなさそうに応え、カリーナは顔を俯《うつむ》かせた。

そんな二人の反応を見比べて、アイザックは苦笑する。

「謙遜しなくてもいいよ、カラム。お前の学院での活躍は、私も聞き及んでいる。今年のトウェーデ魔法大会でも、入賞は確実だと目されているそうじゃないか。流石《さすが》はラッセル家の長男だ」

「ありがとうございます」

カラムは褒められたことで小さく頭を下げるも、自分にとってこれぐらいは当然といった態度は崩さなかった。

対して、カリーナの表情は暗い。

「それで、カリーナは弟子入り先が見つかったのかな?」

「……」

「カリーナっ! 父上に対して失礼だぞ!」

「カラム、いいんだ」

何も答えようとしないカリーナにカラムが叱咤《しった》するも、アイザックはそれを宥《なだ》めた。

「ふむ。その様子だと、まだ見つかっていないようだね」

「はい……」

カリーナは顔を俯かせたまま、消え入りそうな声で応える。

肩を落として落ち込んでいる彼女に、アイザックは柔らかく微笑みかけた。

「大丈夫、きっと良い弟子入り先が見つかるよ。諦めずに、頑張りなさい」

「……ありがとうございます、お父様。今日はきっと、ご期待に応えられると思いますわ」

アイザックの言葉に、カリーナは顔を上げて小さく笑みを浮かべた。

決して自分の境遇を楽観視しているわけではなく、自信がありそうなところを見せて父を安心させるための、虚勢の笑みだ。

それを見て、アイザックは満足そうに頷く。

ラッセル家は、代々優秀な魔法使いを輩出してきた、伝統のある家だ。

いや、ラッセル家に限らず、ランドリア王国の貴族は優秀な魔法使いの血筋を積極的に取り入れており、全体的に高い才覚を持っている。

魔法使いとしての力量が、そのまま貴族社会でのステータスにもなるからだ。

なので女性であれば、優秀な魔法使いほど婚姻の申し込みが多くなるし、逆に力の弱い魔法使いであれば、たとえ大貴族の娘であっても婚姻を嫌がられる傾向にある。

あまりにも才能がなさすぎれば、家の恥として最悪捨てられることだってありえた。

だというのに、アイザックは……カリーナの父親は、魔法学院で劣等生のレッテルを貼られてしまっている不甲斐ない娘に、怒鳴りつけたり、嫌みを言ったりしたことは一度もない。

そんな優しい父親を喜ばせたい一心で、カリーナは何としてでも今日中に弟子入り先を見つけようと意気込んだ。


トウェーデ魔法学院とは、今から百年前に天使達が作ったとされる学舎のことである。

世界に四つある大陸に一校ずつ、各大陸の一番大きな国の首都に、その魔法学院は設けられていた。

最初の一年間は、午前中にある通常授業と同じく、午後からの魔法の授業も共同で受ける。

そして一年目最後の成績に応じて、魔法使いのランクである一級から七級に振り分けられると、二年目からは天使が認可した魔法使いの元で、各流派の魔法を学ぶことになっていた。

生徒は自分の行きたい流派を選び、そこで様々な審査を受け、無事に合格できたら晴れて弟子入りが許される。

当然、人気のある流派は競争率が高く、審査も厳しい。

そういった人気流派の審査をいくつも受け、その全てに落選してしまう生徒も沢山いた。

とはいっても、弟子を募っている魔法使いは多く、たとえ七級の生徒であっても、どこかの流派に入門できるように学院は配慮している。

だから、分不相応な高望みをしなければ、誰でもすぐに師が見つかるようになっていた。

つまりは、ひと月も師を探す期間が設けられているのに、あと二日を残してまだ弟子入り先が見つかっていないような生徒は、分不相応な高望みをしているということであり——

午前中の通常授業を受けるために校門をくぐったカリーナに、そこかしこから嘲笑の眼差しが向けられた。

どこかに弟子入りした者は、入門した流派を示す小さい記章が与えられる。

だから学院の制服にそれが付いていないと、まだ弟子入り先が見つかっていないことが一目瞭然なのだ。

それに、大貴族である侯爵家の娘でありながら七級という評価を受けてしまった彼女は、悪い意味で注目が集まりやすい。

学院の在校生の中で、貴族でありながら五級以下の成績である者は、カリーナしか存在していないからだ。

さらにいえば、貴族で七級という成績は史上初でもある。

それでも、自分の力のなさを認めて相応の流派に入門していれば、他生徒から今ほど冷たい目を向けられることはなかっただろう。

だが彼女は、高い力量を求められる流派にばかり足を運び、審査どころか門前払いを受け続けていると噂《うわさ》になっていた。

力を示そうとしたのか、七級であるのに四級以上の依頼を受けようとして、魔法使いギルドに迷惑をかけたこともある。

何も知らない他人から見れば、頭の悪い愚か者の所業にしか映らない。

カリーナが、ほとんどの生徒から良い印象を持たれていないのも、当然だろう。

それを自覚しているカリーナは、時折聞こえてくる侮蔑の言葉に我慢しながら、俯きそうになる顔を前に向けて歩き続けた。

やがて、真ん中にある教壇を中心として、すり鉢状に机が並んでいる教室の前にたどり着くと、入り口付近で金髪を縦巻きにした少女とはち合わせになった。

その胸には、名門と名高い「マクダーモット流」の記章が誇らしげに飾られている。

「あらカリーナさん、ごきげんよう」

「……ごきげんよう、レベッカさん」

声を掛けてきたのは、カリーナと同じ高位貴族の娘である、レベッカ・ミルフォードだ。

彼女は自慢の巻き髪を見せつけるように手でかき上げると、見下すような目で正面にいるカリーナを見据えた。

「その目の下にあるクマはどうしたのかしら？　夜更かしでもしていたの？　落ちこぼれは、自己管理もできないようね」

「ええ。思慮が足らず、お恥ずかしい限りですわ」

「それで、そろそろ弟子入り先は決まったのかしら？」

「いえ、まだですわ」

カリーナが首を横に振ると、レベッカはわざとらしく溜息をついた。

「いい加減、貴族の品位を疑われるような真似は、やめて下さらないかしら？」

「……ええ、今日までに弟子入り先を決めてご覧に入れますわ」

今日こそ自分が望む流派へ入門してみせると、カリーナは不敵な笑みを浮かべる。

レベッカはそれに目を丸くした後、救いようのない馬鹿を見たとでも言いたげに、鼻で笑った。

「そう。では、精々頑張ってみなさいな。貴女に良い結果が出ることを、祈ってるわ」

「お気遣い、痛み入りますわ」

そこで会話を打ち切り、背を向けて教室へと入っていくレベッカ。

彼女に続いてカリーナも教室に入り、自分の席へと座る。

すると、彼女の隣に座っている、長い黒髪を後ろの高い位置で括《くく》った少女が、声を潜ませてカリーナに話し掛けてきた。

「大丈夫？　さっきレベッカ様と一緒に教室に入ってきたみたいだけど……」

「ありがとう、ヘレナ。わたくしは、大丈夫ですわ」

自分のことを心配してくれたヘレナという名の少女に、カリーナは心から笑顔を浮かべる。

席が隣り合ったことで親しくなった彼女は、カリーナの数少ない友人だった。

「それでさ、その……見つかったの？」

「いえ、残念ながら……」

言葉を濁しながら聞いてくるヘレナに、カリーナは首を横に振った。

「七級でも生産系の流派なら、どこかに弟子入りできるのに……どうしても、戦闘系じゃないと駄目なの？」

「……」

彼女のもっともな言葉に、何も言えなくなって口を閉ざす。

トウェーデ魔法学院の生徒は、四級以上は戦いを生業《なりわい》とした流派に、五級以下は魔道具や魔法薬などの生産を生業とした流派に入門するのが一般的だ。

カリーナは七級なので、生産を生業とした流派を選ぶのが普通である。

たまに四級以上でも生産を選ぶ物好きもいるが、それは求められる能力を満たしているから可能なのであって、逆に五級以下の者が戦闘を生業とする流派に入れることはない。

だがカリーナは、どうしても戦闘を生業とする流派に入門したかった。

成績を上げていけば途中で流派を移ることもできるが、最初に生産系の流派に入ってしまっていると、後から移籍を希望しても同じ生産系の流派しか選べなくなるからだ。

つまりここで戦闘系の流派に入っておかないと、もう二度と挽回のチャンスはなくなってしまうのである。

彼女も、自分の力が足りないのは十分に理解している。

だが今の劣等生のまま流されては、カリーナの存在はラッセル家の汚点となってしまうかもしれないのだ。

ラッセル家の……自分を大切に育ててくれた、大好きな父の血筋が疑われることになるのだ。

魔法使いとしての力がステータスになる貴族社会にて、最悪ともいえる七級の娘が生まれてしまった家の血となれば、自分どころか妹すら婚姻を結び難くなるだろう。

社交界でも、家族は肩身が狭い思いをすることになる。

それはつまり、カリーナの存在が家族に拭えない呪いをかけるということだ。

彼女が生まれてしまったこと自体が、間違いになってしまうのだ。

だからカリーナは、死に物狂いで努力した。

寝る時間を極限まで削って、魔法の勉強や修練に打ち込んだ。

若い時にしか味わえない、華やかで甘酸っぱい学生生活を送る同級生たちを尻目に、他の全てを捨てて魔法のみに時間を費やしたのだ。

努力の量でいえば、この学院の生徒で彼女が一番だろう。

だが、結果の伴わない努力などに意味はない。

地獄のような一年を経た後、彼女に下されたのは七級の劣等生という現実だった。

でもカリーナは、まだ諦めてはいない。

いや、自分から諦めるわけにはいかなかった。

カリーナが強く手を握りしめて黙ったことで、二人の間にどこか気まずい空気が漂う。

だがそんな空気を破るようなタイミングで、銀髪を顎の下あたりで切り揃えた碧眼の少女が、ヘレナとは反対側になるカリーナの隣に腰を下ろした。

「二人とも、おはよう」

「エミリア、おはよう」

「おはようございますわ」

どこか眠そうで、表情の変化に乏しい印象を受ける少女……エミリアが、近くの席の二人と挨拶を交わす。

「エミリアは、いい加減入門先を決めたの？　見たところ、記章は付けてないようだけど……」

カリーナの時と違って、ヘレナの声が少しだけ刺々しくなった。

エミリアも、カリーナと同じくどこの流派に入るか決まっていなかった。

だが彼女の場合は、成績が原因で入門先が決まらないのではない。

むしろエミリアは、魔法学院始まって以来の天才と謳《うた》われるほどの優等生だ。

彼女が弟子入り先を決めていないのは、ただ人付き合いが面倒くさいという理由で、今まで先延ばしにしていただけの話である。

カリーナやヘレナといった例外を除いて、エミリアは極度の人嫌いなのだ。

「うん。昨日、決まった」

「どこに決まりましたの？」

「ハイゼンベルク流」

「ええっ⁉」

「まあ……」

エミリアが口にした流派に、カリーナとヘレナは感嘆の声を上げた。

ハイゼンベルク流といえば、ごく一部のエリートしか入れない名門中の名門として有名なのだ。

しかも、これまで一年生で入門できた生徒は皆無だった。

ハイゼンベルク流には、特に優秀な成績を残した上級生が学院長からの推薦を受けて、引き抜きという形で入門するのが通例だったのである。

つまり一年生で入門してみせたのは、エミリアが史上初ということになる。

「流石は、エミリアですわ」

「凄いよねぇ……」

「まだまだ足りない。私の夢は、特級魔法使いだから」

彼女の発言に、カリーナとヘレナは言葉を失う。

特級魔法使いとは、一級魔法使いの上に存在するランクだ。

その位を授かった者は、一国の王よりも強い発言力と待遇が、天使より約束されると言われている。

特級の位にたどり着いた者は、世界中を探してもたった三人しかいない。

魔法の扱いに長けた種族の中でも飛び抜けた力を持つ、エルフ族の女王。

魔族でありながら地上に住み、人間側に味方して魔王と戦ったとされる吸血鬼のお姫様。

そして人間の身でありながら天使や魔族の力を凌駕《りょうが》し、魔王を討ち滅ぼしたとされる伝説の魔法使い、アデル・ラングフォード。

皆が皆、歴史に名を残すような傑物ばかりだ。

それぐらいでないと、天使から特級の位を授かることはないのだ。

普通なら、そんな魔法使いになると宣言しても、誰もが子供の夢だと言って笑うだろう。

だがカリーナは、エミリアならばもしかして……と思ってしまった。

と同時に、強い羨望と嫉妬を覚える。

信じられないほど大きな目標を見据える友人を見ていると、人並みの貴族であることも分不相応だと罵られる自分が、どうしようもなく惨めに思えたのだ。

——今日こそは、せめて普通の貴族になろう。

才気溢《あふ》れる友人を眩《まばゆ》い思いで眺めながら、カリーナは強くそう思った。

だが、その意気込みも虚しく、その日もカリーナの弟子入り先が見つかることはなかった。

第四話——夢

The 4th story

Raising Project: a pupil of the strongest Brave

その日も全く成果が上がらず、カリーナは肩を落として屋敷に戻ることになった。

これで、入門先を探せる期間は残り一日しかない。

——もう、諦めるしかないのだろうか？

カリーナがそう失意の中で落ち込んでいると、今日は珍しく早い時間に帰ってきたアイザックが、今夜は夕食も家族で一緒に食べようと提案してきた。

何やら、カリーナに大事な話があるらしい。

朝食は毎日のように一緒にとっていたが、夕食はいつも別々だったのだ。

久しぶりに夕食を共にできることを嬉《うれ》しく思う気持ちと、今日も何の成果も上げられなかったことを告げねばならない気の重さを抱えたまま、カリーナが食卓の席に着くと……

アイザックが、いつも通りの、にこやかな表情で言ったのである。

「カリーナ、お前をラッセルの名から解放してあげようと思う。もう学校にも、行かなくてよい。明日からは家を出て、自由に生きなさい」

一瞬、何を言われたのか分からなかった。

いや、理解するのを、頭が拒否した。

信じたくなかった。

でもアイザックの言葉は、しっかりとカリーナの耳に届いてしまっており、頭の中を何度も反響してジワジワと絶望に染め上げていく。

口調は柔らかいのに、その内容は酷く冷たかった。

カリーナはたった今、ラッセル家から捨てられたのだ。

どこか遠くに軟禁されるのと、どちらがマシだったのだろうか？

と、妙に冷えていく思考の中でそんなことを考える。

「馬鹿な⁉」

「カラム、行儀が悪いぞ」

急に立ち上がったカラムを、アイザックが窘《たしな》めた。

だがカラムは、それに構わず言葉を続ける。

「お考え直し下さい、父上！　いくらなんでも、それは――」

「私としても心が痛むが、これは決まったことだ」

アイザックはそう言うと、聞き分けのない子供を優しく諭す時のような微笑みを、カリーナに向けた。

「賢いカリーナなら、分かるね？」

アイザックの視線に晒《さら》され、カリーナは小さく震える。

いつも通りだ。

いつもの、大好きな父親の、どこか安心できる穏やかな笑顔だ。

口では悔いの言葉を並べながら、いつもと本当に何も変わらない。

カリーナは、父のその張り付けたような笑顔に、初めて恐怖を感じた。

そんな彼女の怯《おび》えを察したのか、カラムはカリーナの肩を掴《つか》んで、食堂の扉を指差した。

「カリーナ！　お前は自室に戻っていろ！」

「こらこら、カリーナと一緒に食事できるのは今日が最後になるんだぞ。追い出したら可哀想じゃないか」

おどけるようなアイザックの声を背に、カリーナはふらふらとした足取りで食堂を後にする。

彼女が廊下に出ると、途端にカラムとアイザックが激しく口論する声が、扉越しに響いてきた。

とはいっても、声を荒らげているのはカラムのみで、アイザックの声音は終始落ち着いたものだったが。

カリーナは廊下に佇《たたず》み、必死に自分を庇《かば》うカラムの声を聞く。

あのカラムが、こんなにも自分のことを気に掛けてくれていたとは、考えもしなかった。

家に迷惑を掛けている自分を嫌っているのだと、カリーナは勝手に思い込んでいた。

そして逆に、父親はもっと自分を愛してくれているのだと思っていた。

もしこのまま出来損ないでいても、あの優しい父親なら自分を捨てたりしないだろう。

そんな吐き気がするほど甘いことを、心のどこかで考えていた自分に気が付く。

ここにきて、ようやくカリーナの止まっていた感情が、現実に追いついてきた。

焦燥感が胸の内から湧き上がり、居ても立ってもいられず、その場から走り出す。

部屋に戻って学院の制服に着替えると、カリーナは急いで家の外に飛び出した。

そのまま屋敷の敷地外に出ても、誰にも止められることはなかった。

普段なら、こんな時間に門の外へ出ようとしたら、衛兵に止められていたはずだ。

この屋敷で働く者達が、もうカリーナのことをラッセル家の一員と認識していないのだろう。

そう思い知らされ、彼女の胸中で荒れ狂う焦りが、ますます膨れあがる。

このままでは、本当に捨てられる。どこでもいいから、弟子入りさえ果たせれば……もしかしたら、お父様が考え直してくれるかもしれない。

そんな思いを抱いて、カリーナは必死に足を動かす。

屋敷を出て、貴族の邸宅が集まる地域を抜け、下町の一番近い位置にある魔法使いの家へ。

魔灯に照らされた道を行き、流派の一つを担当している者の元へと押しかけた。

カリーナの記憶が正しければ、成績でいうと中堅クラスの生徒が集まる流派だったはずだ。

その家の扉を、カリーナは縋《すが》るような思いで叩《たた》いた。

「誰かいませんか⁉　お願いします！　誰か！」

何度も、何度も叩く。

彼女の行為に、近くを通りすがった人々が顔を顰めた。

だが今のカリーナに、そんなことを気にする余裕はない。

しつこく彼女が呼びかけているうちに、とうとう扉が荒々しく開かれた。

カリーナの声を掻《か》き消すように、白髪頭をした壮年の男の怒鳴り声が響く。

「誰だ、こんな遅い時間に！」

「夜分遅く、失礼しますわ。わたくしは、カリーナ・ラッセルと申します」

カリーナが頭を下げて自分の名前を口にし……それを聞いていた男が、あからさまに嫌そうな顔をした。

「ああ、お前が件《くだん》の問題児か」

「えっ……」

不穏な雰囲気に、カリーナは嫌な予感を覚えた。

戸惑いと不安から瞳を揺らす彼女に、男は呆れたように大きく溜息をつく。

「魔法使いギルドから、お前をうちに弟子入りさせないように通達があった。おそらく、中級以上の流派全てに同じような知らせが回っているだろう。……お前、ギルドでも騒ぎを起こしたらしいな？」

「そ、そんな……」

「そもそも、うちは五級以下の生徒を受け入れるつもりはない。いい加減、夢ではなく現実を見るんだ」

そう言い残して、男はさっさと奥に引っ込んでしまった。

カリーナは呆然《ぼうぜん》と、閉じられてしまった扉を見つめる。

男に言われた言葉を頭の中で反芻《はんすう》しながら、やがて行く当てもなく、ふらふらと歩き出した。

夢と、現実。

男は、夢ではなく現実を見ろと言った。

現実とは、このどうしようもない現状のことだろう。

では夢とは？

自分の夢は、どこでもいいから並の流派に入門することだったか？

父に捨てられないことだったか？

カリーナはそこで、ふと昔のことを思い出していた。

幼い頃。

まだ、何も知らなかった頃。

夜空に手を伸ばせば、暗がりに瞬く星が掴めるのだと思っていた頃。

カリーナは、特級魔法使いになることを夢見ていたのだ。

今も語り継がれる英雄譚《えいゆうたん》を絵本で読み、憧れた。

努力さえ怠らなければ、なれると本気で信じていた。

夢から遠ざかりすぎて、忘れていた。

もっと大人になれば、下らない夢だったと鼻で笑えるのだろうか？

笑い話に、できるのだろうか？

あの時よりは、まだ大人になったという自負はある。

だが、今のカリーナが抱いた感情は、もっと別のものだった。

どこをどう彷徨《さまよ》ったのか、いつの間にかカリーナは、薄暗い路地裏の突き当たりに立っていた。

彼女以外に人は見当たらず、他人の視線はない。

だからだろうか?

カリーナは胸に湧き上がった感情を、ぽつりと吐き出していた。

「悔しいですわ……」

言ってしまった。

今まで胸の奥底に押し込み、封をして、見ないようにしてきた感情。

それが、呟いてしまった一言をきっかけに、溢れ出てくる。

同級生達から向けられる嘲笑。

貴族達から浴びせられる侮蔑。

知人から向けられる憐憫《れんびん》の眼差し。

そして、笑って自分のことを捨てた父親の顔。

これまで歩んできた様々な場面が、思い起こされる。

カリーナは、その全てがどうしようもなく――

悔しかった。

「……ひっ……ぐ……」

嗚咽《おえつ》が漏れる。

歯を食いしばっても、堪えられなかった涙が目尻からこぼれ落ちる。

泣いてしまったことで、ますます自分が情けなく惨めに思え、そうなるともう止められなかった。

「くや……しい……くやしいっ……くやしい！」

喚《わめ》いたところで、どうにもならない。

それが分かっていても、カリーナは声を吐き出さずにはいられなかった。

子供が駄々をこねるようにして、何度も何度も同じ言葉を繰り返す。

しばらくそうしていると、誰もいないと思っていた彼女の背に、ふと呂律の乱れた男の声が掛かった。

「こんなところで一人で泣いて、どうしたのかな～」

酒臭い匂いを漂わせた、体格の良い男だ。

ニヤニヤとしながら舐《な》め回すような視線を向けられ、カリーナは悪寒でぶるりと背筋を震わせる。

昂《たか》ぶっていた感情が、急速に冷えていくのを感じた。

「……何でもありませんわ」

カリーナは頬を濡らしていた涙を慌てて拭うと、男の横を通り過ぎて路地裏から出ようとした。

しかし――

「ちょっと待てよ。心配して声を掛けてやったのに、お礼ぐらい言えねーのか？」

男が、カリーナの腕を掴んで引き留めた。

乱暴に引っ張られたことに顔を顰めつつも、男の言うことにも一理あると思い、素直に謝罪する。

「たしかに……そうですわね。非礼をお詫《わ》びしますわ」

カリーナが頭を下げると男は上機嫌になり、今度は腰を掴んで引き寄せようとした。

「おう、俺が慰めてやるから、ひとまず宿の部屋で落ち着こうじゃねーか」

「そ、それは結構ですわ！」

腕を前に出して拒絶するも、男の力は強く、離れることができない。

見たところ魔法使いでもない、ただの酔っ払いの男に良いようにされ、カリーナは歯噛《はが》みした。

こんな時、四級以上の……いや、せめて五級並みの力があれば、カリーナは楽に逃げおおせていただろう。

気は進まないが、叩き伏せることも可能だったはずだ。

だが現実のカリーナは、この男を前に、何もすることができない。

「離してっ！」

「うるせえ！　大人しく――――」

男が腕を振り上げ、カリーナはぎゅっと目を瞑《つぶ》って痛みに備えた。

だがいくら待っても、予想していたような衝撃がこない。

気になっておそるおそる目を開くと、男がゆっくりと地面に崩れ落ちていくところだった。

代わりに、いつの間にか男の背後にいた青年が、声を掛けてくる。

「おい、大丈夫か?」

黒髪黒目の、やけに顔立ちの整った魔法使いだ。

目尻が鋭く冷たい印象を受けるものの、纏《まと》っている雰囲気のせいか、あまり怖くはない。

はっきり言って、格好はとても見窄《みすぼ》らしかった。

魔法使いの装備品は、強い魔法が込められているものほど色合いが派手になっていく傾向がある。同業者の間では、装備品の質が魔法使いの優秀さを表しているように見られているので、見栄で分不相応な装備品を揃えている者はいても、その逆はあまりいない。

だから、今カリーナの目の前にいるこの男は、大した魔法使いではない……はずなのだが。

ローブの胸あたりに付けられた、流派の範士マスターであることを示す記章に、カリーナの視線は釘《くぎ》付けになっていた。

色は、上級を示す金色。

四級以上の生徒を弟子に迎えている魔法使いだ。

だがバッジに描かれた紋様は、全ての流派を把握しているはずのカリーナでも、知らない種類であった。

「おーい、聞いてるか?」

青年の呼びかけに、カリーナは我に返った。

そして、気が付く。

カリーナは、全ての流派を回って頼み込んだ末、全てに断られてしまっていた。

でも、まだ一つだけ残っていたのだ。

自分が訪ねていない流派が。

カリーナは、ごくりと唾を飲み込む。

また、断られるかもしれない。

いや、断られるのが当然なのだ。

七級の劣等生である自分を、弟子にしてもらえるわけがない。

期待したところで、すぐに落胆することになるのは目に見えている。

でも川に溺れる者が、助かりたい一心で藁《わら》を掴んでしまうように、気が付けばカリーナは青年に話し掛けていた。

「あ、あの！」

「んん？」

急に声を張り上げたせいか、目を丸くして驚いている青年に、カリーナは深々と頭を下げた。

「お願いします！　わたくしを、貴方の弟子にして下さい！」

「……ええ？」

カリーナの叫ぶような訴えに、青年は困惑したように眉を顰《ひそ》めたのだった。

第五話 現実

The 5th story

Raising Project: a pupil of the strongest Brave
「どうしてこうなった」

アデルの家にあった、幾つかの客室のうちの一つ。

そこのベッドの上で寝息を立てている少女の姿を見て、俺は思わず頭を抱えた。

俺がゲームのキャラであるアデル・ラングフォードとなってしまった日の翌日。

ウリエルにおねだりされて弟子を取ることを了承してしまったものの、何をどうしていいか分からず、適当に街を彷徨っていたのだ。

ウリエル曰《いわ》く、ラングフォード流と名付けられた新しい流派の名前を出せば、弟子なんて勝手に向こうから集まってくるらしいが……正直面倒くさいので、あんまり沢山の弟子は取りたくない。

というか、偉そうな顔をして魔法を教えられる自信がない。

なにせ昨日までの俺は、何の取り柄もないただの大学生だったのだ。

それに、入門希望者に受けさせる試験を作れと言われても、どんなことをやればいいのか全然分からない。

だから試験を実施して弟子を募ることはせず、そこら辺で遊んでる生徒を適当に見繕ってスカウトしてしまおうと街を歩いていたのだが……

偶然、男に絡まれていたところを助けた少女から、いきなり弟子にしてくれと迫られたのである。

あまりの剣幕に思わず頷かされてしまったが、俺にとっても別に問題はなかった。

元々弟子に取る生徒を探していたのだし、彼女がそうなっただけのことである。

だが俺があっさり弟子入りを認めると、彼女は信じられないといった面持ちで目を見開いた後、急に気を失って倒れてしまったのだ。

しかも、けっこうな熱を出して。

いたいけな少女を、路上に寝かせたまま放置しておくわけにもいかない。

かといって、まだ名前も聞いていなかったので、どこに送り届けていいのかも分からない。

だから俺は、ひとまずこの少女をアデルの家へと運んだのだった。

そして、空いていた客室のベッドに彼女を寝かせて今に至る。

やってしまってから、ふと思ったのだが……これがもし現代の日本なら、俺は警察に捕まってしまうのではないだろうか？

中学生ぐらいであろう年齢の女の子を、路上で寝ていたのをいいことに大学生の男が自宅に連れ込む。

……凄く、犯罪くさいです。

向こうで実行に移していれば、ご近所さんの通報で警察に踏み込まれ、全国ニュースで「大学生の男が、少女を誘拐」と報道されていたかもしれない。

俺の持っている同人誌やパソコンの中身から出てきたものを晒され、「これだからオタクは……」とか囁《ささや》かれ、全国にいる同志たちに申し訳ないことになっていたはずだ。

日本ならば、俺だって普通に救急車を呼ぶという適切な対応が取れたのだろう。

だが、ここは異世界だ。

病院のような施設が、あるのかどうかも知らない。

俺の行いが、異世界の人にどう受け取られるのか全然分からない。

今になって、どうして宿の部屋を取らなかったのかという後悔の念が湧く。

——やってしまったかもしれない。

そんな不安から、俺は少女の眠るベッドの傍らに座ってダラダラと冷や汗を流していた。

できれば、心の準備ができるまで目覚めないで欲しい。

そんな願いも虚しく、やがて少女はゆっくりと閉じていた瞼を上げた。

「……目が覚めたか？」

「ここは……？」

「俺の家だ。お前が急に倒れたから、連れてきた」

正直に言った。

ここで少女が悲鳴を上げようものなら、すぐにでも王都から逃げようと心に決め、ビクビクしながら彼女の反応を窺《うかが》う。

だが俺が予想していたような事態は起こらず、少女はベッドから体を起こそうとして、つらそうに表情を歪《ゆが》めた。

「熱がある。無理に起き上がろうとしなくていい」

「ありがとうございます」

少女が、お礼を言いつつ体の力を抜く。

どうやら、俺の行いは異世界的にセーフだったらしい。

俺は内心で胸をなで下ろした。

ちょっと考えすぎだったのかもしれない。

「もう遅い時間だし、親御さんも心配しているだろう。俺が連絡をしておくから、住んでいる場所を教えてくれないか？」

「あ……」

俺の言葉に、少女が小さく声を上げて身を固くした。

……今になって、身の危険を覚えたとかじゃないよね？

「どうした？」

「わたくし、帰る家がありませんの。いえ、今日から無くなったと言うべきか……」

「どういうことだ？」

尋ねると、少女は少し躊躇《ため》った様子を見せてから、自分の事情を話しはじめた。

少女が、カリーナ・ラッセルという侯爵家の令嬢であったこと。

トゥェーデ魔法学院の生徒であり、七級魔法使いであること。

そしてつい先ほど、その学院の成績が原因で、侯爵家から捨てられてしまったこと。

悲惨に思える身の上話を聞かされ、俺はどう声を掛けてよいのか分からなくなってしまった。

その沈黙をどう受け止めたのか、カリーナという名の少女が苦笑する。

「わたくしが七級魔法使いだと知って、失望されましたか？」

「いや……」

「気を遣わなくていいんですのよ」

そう言って、カリーナは笑みを浮かべた。

「冷静に考えれば、今さらどこかに弟子入りできた程度で、家に帰れるようになるとは思えませんし……それにもう、疲れましたわ」

草臥《くたび》れた老人のようだ。

諦観の入り交じった彼女の表情を見て、俺はそう思った。

「だから、ごめんなさい。弟子入りの話は、なかったことに――」

「帰れるさ」

平和な国で育ったせいだろうか？

まだ子供と言っていい年齢のカリーナの境遇にいたたまれなくなって、俺は気が付けばそんな言葉を口にしていた。

「俺の弟子になるんだ。俺がお前を、誰よりも強い魔法使いにする。お前が優秀な魔法使いだって認められれば、家にだって帰れるようになるんじゃないか?」

「ふふふ、優しいんですのね」

俺はわりと本気で言ったのだが、カリーナは信じていない様子だった。

でも、少しは安心できたのかもしれない。

彼女はベッドの上で、瞼を眠たそうに瞬かせた。

「そういえば、まだお名前をお聞きしていませんでしたわ」

「うっ……」

ちょっと言い淀《よど》んだ俺に、カリーナが不思議そうに首を傾げた。

ここでアデルと名乗ると、なんとなく面倒なことになりそうな予感がしたのだ。

ウリエルも、この名前が広まれば、ちょっとした騒ぎになるだろうと言っていたし……学院から弟子入り希望者が大挙して押し寄せて来そうな気がする。

それは、非常に困る。

なので俺は、日本での名を名乗ることにした。

いつまでも隠しきれるものではないだろうが、ひとまず先送りである。

「アキラだ」

「アキラ様……今日という日に、貴方と会えてよかった」

眠気で目が閉じそうになるのを懸命に堪えている彼女に、俺はできるだけ優しく見えるよう苦心しながら、笑顔を作った。

「今日はもう寝ろ。これからのことは、明日の朝にでも話せばいい」

「……ごめんなさい、お言葉に甘えさせて頂きますわ」

カリーナはそう言うと、再び目を閉じた。

彼女の口から、すぐに規則的な寝息が聞こえてくる。

でも若干、苦しそうにしているのが気になった。顔色も悪いし、うっすらと汗もかいている。

……まさか、このまま死んだりしないよね？

日本では、過労のせいで家で寝たまま死んでいたというニュースもあったし……

ちょっと不安になったので、試しに回復魔法でも最上級にあたる【パーフェクト・ヒール】をかけてみた。

すると彼女の目の下にあったクマが消えて、苦しげだった寝息が安らかなものに変わる。

どうやら、熱も下がっているようだった。

思った以上に、魔法って便利だ。

最初は風邪か何かだと思っていたのだが、彼女の話を聞く限り、やはり熱の原因は過労だったのだろう。

よく観察しないと分からないが、頬が微妙にやつれているし……相当苦労してきたのだと思う。

貴族の家のご令嬢なのに、回復魔法は誰にもかけてもらえなかったのだろうか？

俺は続けて、【アナライズ】という対象のステータスを分析する力のある魔法をかけてみた。

ゲームではモンスターにしか使用できなかった魔法だが、この世界では人間相手にも問題なく発動した。

魔力値　37
肉体強度　15
感応値　22

……これは酷い。

人間の魔法使いの平均値がどれくらいなのかは知らないが、酷いということだけは分かる。

肉体強度や感応値が何を示す数字なのか、確証はない。

だが少なくとも魔力値……ＭＰが37というのは低すぎる。

どれくらい低いかというと、ゲーム序盤で覚える魔法を数発放つだけで尽きてしまうぐらいに低い。

これでは、劣等生と言われてもしょうがないかもしれない。

彼女の様子を見る限り、きっと努力を怠っていたわけではないのだろう。

ゲームではモンスターを倒してレベルを上げれば簡単に強くなれたが、レベルという概念のないこの世界では、そう簡単な話ではないらしい。

人並み以上の努力をして人並みの結果が出ないのなら、それは才能がないということだ。

お前には向いていなかったんだと、冷たく突き放すことはできる。

でもカリーナには、できれば報われて欲しいと思った。

きっと男なら、誰でもそう思うはずだ。

なにせ、薄幸の美少女だし。

これでむさいオッサンが相手だったら、「ああ、そうか」としか思わなかった自信がある。

美少女はすべからく保護されるべきだ。

「お父様……」

寝言だろう。

そうぽつりと呟いたかと思うと、カリーナの目尻から一粒の涙が流れ落ちた。

なんか、キュンときた。

俺は張り切って立ち上がると、つい先ほど思いついたことを実行するべく部屋を後にした。

そのまま、荒れ果てた庭へと出る。

カリーナに帰る家がないのなら、しばらく此処で暮らせばいいと思う。

まだ本人に確認はとってないが、俺は既にそのつもりである。

彼女が大手を振って実家に帰れるようになるまでは、面倒を見るつもりだ。

一応、心算はある。

たしかに俺には、魔法などの細かい理論は教えられない。

アデルの力のおかげか、なんとなくで魔法を使うことはできるが、詳しい仕組みを理解しているわけではないのだ。

だが代わりに俺には、ある程度までなら基礎的な能力を底上げする手段があった。

ゲームとは違うので、どこまで上手くいくか分からないが、少なくともＭＰに相当する魔力は上げられるはずだ。

他のステータスは試してみないと分からないが、恐らく大丈夫だろう。

あとは、彼女が思う存分修行できる環境を用意したい。

少なくとも魔法の練習をするのだから、開けた場所が必要になってくるはずだ。

さらにはアレを育てるための畑や、もし使い魔を使役するのなら牧場も欲しい。

だがメニュー画面には屋敷の増設などはあっても、荒れることを前提にしてないせいか、畑や牧場を修復できるような項目はなかった。

だから、どれも普通ならすぐに用意するのは無理だろう。

でも今の俺には、魔法があった。

「【クリエイト・ゴーレム】」

茶色の光玉を集めて地属性の魔法を唱えると、地面の土が盛り上がって巨大な人型を形作っていく。

簡単な命令に従って自動で動く、土人形だ。

俺はそれをさらに数十体ほど作り出し、まずは荒れた庭を更地にするべく、人形達を動かしたのだった。

The 6th story

第六話——弟子

Raising Project: a pupil of the strongest Brave

その日の目覚めは驚くほどに爽快で、意識を浮上させてから、すぐに頭の中が冴え渡っていった。

いつもの鈍い頭痛や、こみ上げてくる吐き気や、寝床に縫いつけられたのかと錯覚するほどの気怠さもない。

久しく忘れていた疲労のない朝に、戸惑ってしまうほどだ。

カリーナは、そんな心地よい目覚めの余韻にひたり、幸せな気分になる。

だが次の瞬間には、昨日のことを思い出して、どん底まで気を沈ませた。

——お父様に捨てられた、人生最悪の日。

昨日は、カリーナにとってそういう日だった。

いっそ、もう目覚めなくてもよかったとさえ思ってしまう。

なりふり構わず泣いてしまいたくなるものの、ここは恩人の家であったことを思い出して、なんとか堪えた。

これからどうしようかと、頭を悩ませながら起き上がり……ふと寝かされていたベッドの手触りが、やけにいいことに気が付く。

（……これ、何で出来ていますの？）

体が沈み込みそうな、それでいて適度な弾力のあるマットレスに、素材はよく分からないが高品質であることが分かるシーツ。

昨晩は色々ありすぎて意識していなかったが、これは元実家である侯爵家にあったベッドよりも質が高いように思えた。

ふと気になって、カリーナは自分がいる部屋の内装を見回し……驚愕に、目を見開く。

その部屋の中にあった、調度品の数々。

それらのほとんどが、何かしらの魔道具だったのだ。

火を使わないランプや、傾けると中から水が湧く水瓶といった定番のものから、用途のよく分からない珍しいものまで、様々な魔道具が備え付けられてある。

価値は質によって大きく左右されるものの、大抵の魔道具は庶民の手には届きにくい高級品だ。

それが、この客室には数え切れないほど置かれてある。

侯爵家の屋敷並みの……いや、それ以上の財力を窺わせる部屋だった。

（たしか、アキラ様と名乗っておられましたけど……）

一体、何者なのだろうか？

明らかに只者《ただもの》ではないのだが、少なくともカリーナの記憶の中に、アキラという名の大貴族や富豪はいない。

それに、これだけの調度品を揃えられる財力があるのに、どうしてあんなに見窄らしい格好をしているのかも分からなかった。

普通の魔法使いならば平民出身でもそこそこ裕福であるし、よほど能力が低くなければ、もうちょっと良い装備品を揃えられる。

特に戦いを専門とする四級以上の魔法使いともなれば、装備品の質が生死に直結する場合もあるので、できるだけ良い装備品で身を包むのが普通だ。

だがアキラの身につけていた装備品は、五級以下の魔法使いよりも酷いものだった。

流派の師範になることを認められるほど優秀な魔法使いであるはずなのに、どうしてあんな格好をしているのだろうか？

次々と浮かび上がってくる不可解な点に、カリーナが考え込んでいると、部屋の扉をノックする音が響いた。

「起きてるか？」

その問い掛けにカリーナが返事をすると、楕円形のトレイを片手に持ったアキラが、扉を開けて中に入ってくる。

トレイの上には皿が乗っており、白い湯気を立てていた。

ベッドの上にいるカリーナからは、その中身までは見えない。

「体の調子はどうだ？」

「おかげさまで、調子が良いですわ」

「そうか」

ぶっきらぼうな口調で喋《しゃべ》るアキラが、ベッドの傍にまで来ると、カリーナは深々と頭を下げた。

「昨晩は助けてもらった上に泊めて頂き、感謝いたしますわ」

「別にいいさ」

「それで……その……」

思わずカリーナは、続く言葉を言い淀んでしまう。

アキラから恩を受けたものの、家から捨てられたばかりの彼女には、返せるものが何もないのだ。

カリーナがどうやってお礼をすればいいのか悩んでいると、アキラが手に持っていたトレイを彼女に差し出した。

皿の中にある米料理らしきものから良い匂いが漂い、カリーナの鼻腔をくすぐる。

「あの、これは?」

「朝食だ。お粥《かゆ》はスキルメニューにな……作れないから、リゾットにしてみた」

カリーナがトレイを受け取った状態で呆けていると、アキラが首を傾げた。

「食欲がないのか?」

「いえ、そうではなく――」

ただでさえ何もお礼ができないのに、朝食まで頂いてしまって良いのだろうか?

と思ったところで、カリーナのお腹からキュルキュルと可愛らしい音が鳴った。

昨晩は夕食前に家を飛び出したので、お腹が減っていたのだ。

「……頂きますわ」

恥ずかしさから顔を赤くして、カリーナはトレイの上にあった匙《さじ》を手に取る。

そうして、ランドリア王国では珍しい米の料理を掬《すく》い、ゆっくりと口の中に運んだ。

咀嚼《そしゃく》した途端に、鬱屈としていた気分を忘れてしまうほどの衝撃を受けて、目を大きく見開く。

（――美味しいっ！）

海鮮類とチーズが絶妙に絡み合った味が舌の上に広がる。

今まで食べたことのないような美味に、カリーナは頬に手を当てて、うっとりと目尻を弛《ゆる》ませた。

この近辺では高級食材である海の幸に、様々な調味料を惜しげもなく使った料理。

かなりの贅《ぜい》を凝らした一品だが、カリーナはそんなことを考える余裕もないほどに、料理の虜にされてしまった。

夢中になってリゾットを掬い、一口ごとにじっくりと味わう。

カリーナが実に幸せそうな表情で料理を食べていると、途中でアキラが彼女に声を掛けた。

「そういえばさ」

「……はい」

我に返ったカリーナは、自分がアキラの視線を忘れるほど一心不乱に食事をしていたことに気が付き、ますます顔を赤くする。

「お前、通ってた学院はどうなるんだ？」

「えっと……？　失礼、仰っている意味がよく分かりませんわ」

カリーナがそう言うと、アキラはどこか話しづらそうに頬を掻いた。

「実家から勘当されたんだろう？　学費とかどうなるのかなって……」

アキラの質問に、カリーナは内心で疑問符を浮かべつつ、素直に答える。

「いいえ、魔法学院に学費はありませんわ。ギルド長と学院長を兼任なされているウリエル様が資金を提供しておりまして、魔法の才能がある者ならば誰でも入れるようになっていますの」

「そうか」

頷くアキラを、カリーナは不思議そうに見つめた。

今話したことは、ランドリア王国の魔法使いならば誰でも知っていることだ。

仮にも流派の師範を引き受けた者が、どうしてそんなことを知らないのだろうか？

カリーナがそう疑問に思っていると、アキラが懐から何かを取り出した。

「じゃあ、学院には通えるんだな」

そう言って、彼は見たことのない紋様が刻まれた記章をカリーナに手渡す。

「こ、これは！　どうして……」

アキラの流派に弟子入りをしたことを示すそれに、彼女は声を震わせた。

「昨日、弟子にするって言っただろう？」

「でも、わたくしは七級で――」

カリーナが言おうとした言葉を遮るようにして、アキラがさらに驚くべきことを言い出した。

「そうそう、家に帰れるようになるまでは、ここで寝泊まりするといい」

「えっ」

「どうせ部屋は余ってるからな」

「……」

あまりのことに、カリーナは絶句する。

アキラとカリーナは、昨日まで赤の他人だったはずだ。

今も、少し会話をしたことがある程度の知人でしかない。

とてもではないが、カリーナがそのような厚遇を受けていい関係ではないはずだ。

思わず下心を疑ってしまいそうになるが、カリーナはすぐにその考えを否定した。

彼女は自分の容姿にそこまで自惚《うぬぼ》れてはいないし、かといって他のことでも自分に価値があるとは思えない。

カリーナはラッセル家から追い出されてしまったし、彼ほどの財力を持つ者を満足させるような金銭も持ち合わせていないのだ。

強いて言うなら僅かなりとも魔法を扱える力があることだが、それも流派の師範をするほどの者にとったらゴミのようなものだろう。

彼女が反応を返せないでいると、アキラが不安そうに声を掛けてきた。

「嫌か？」

「いえ、そういうことではなく……どうして、そこまでして下さいますの？」

——彼は底抜けのお人好しで、自分の身の上に同情した。

カリーナが思いつく理由は、これぐらいだった。

もしそうなら、アキラの善意からくる厚意に感謝しなければならない。

そして、彼の提案を絶対に断ろうと思っていた。

アキラが優しいのをいいことに、ただ同情を引いて自分から甘い汁を啜《すす》ろうとするなど、他人を騙《だま》して懐を潤す輩と何ら変わらないと思ったからだ。

彼の善意につけ込んで、依存するようなことはしたくなかった。

優しい人だからこそ、甘えてはいけないと思った。

そんな決意を胸に、アキラの返事を待つ。

だが彼が口にした理由は、カリーナが予想していたものとは違っていた。

「目の下に、クマがあったからだ」

「クマ……ですか？」

戸惑うカリーナに、アキラは何かを考えながら、ゆっくりと話を続ける。

「実は、俺が誰かを弟子に取るのは初めてだ。そして俺のやり方だと、弟子の成長に普通の才能は関係ない……と思う。俺にとって、弟子のランクが一級だろうが七級だろうが関係ないんだ。だから俺は、違う部分を評価した」

アキラはそこで一旦言葉を切ると、気恥ずかしそうに視線をカリーナから逸らした。

「俺はお前を、凄いと思った。見込みがあると思ったから、弟子にした。そして、俺の弟子だから面倒を見る。これじゃ駄目か？」

彼の話した内容に、カリーナは体を硬直させた。

半開きになった口から、消え入りそうな声を漏らす。

「……わたくしを、評価して下さったと？」

「そうだ。だってお前は、あんなになるまで努力を重ねてきたんだろう？　よく頑張ったな」

「あ――」

心が、震えた。

何かを言おうとしても声が出ず、唇だけが動く。

堪える暇もなく、涙が溢れた。

結果の出ない努力に何の意味もないと、カリーナは重々承知している。

だから、誰からも……父からでさえも、労《ねぎら》いや褒め言葉はもらったことがないし、それが当然だと思っていた。

鼻で笑われて馬鹿にされることはあっても、評価されるなんてことはなかった。

だからだろうか。

「よく頑張ったな」という軽い一言が、心の奥底まで深く響いたのだ。

初めての経験に、言葉では言い表せない感情が胸を熱くした。

ふとアキラの手が、カリーナの頭を撫《な》でる。

その仕草は、まるで子供扱いだ。

でもそれがとても心地よく感じられ、彼女は自分が子供であったことを思い出した。

これまで、簡単には涙を見せたりしないと半ば意地になりながら生きてきたのだが、昨日からは泣いてばかりである。

情けないという思いはあるものの、今はもう無理に我慢しようとは思わなくなっていた。

「……ありがとうございます」

ようやく声が出せる程度に落ち着いたカリーナは、渡された記章を大切そうに胸に抱きながら、深く頭を下げたのだった。

The 7th story

第七話――謎の師匠

Raising Project: a pupil of the strongest Brave

ゆっくり寝すぎたせいか、学院に登校しなければならない時間が差し迫っていたので、これからの詳しい話は帰ってからということになった。

てっきり、アキラの屋敷は王都の中にあると思っていたカリーナは、外に出た瞬間、目を丸くして驚いてしまう。

王都の街並みはどこにも見当たらず、代わりに屋敷の周囲には平原が広がっていたのだ。

遠目には、鬱蒼とした森も見える。

あの森は、おそらく【幻幽の森】だ。

王都の近場にある森で、どうしてか奥に入ろうとしても、いつの間にか入り口に戻されてしまう不思議な場所として有名だった。

とある一級魔法使いが、この森から強力な結界を感知したという話もある。

アキラの住む屋敷は、どうやらその【幻幽の森】の奥にあるようだった。

さらに近くにある平地では、幾体ものゴーレムが忙しなく行き交い、畑を耕したり何かの建物を組み立てたりしている。

そのゴーレムの一体一体が、土で出来ているとは思えないほど洗練された姿をしており、キビキビとした動きをしていた。

普通の魔法使いが扱うゴーレムは、歩くたびに体から土が落ち、のっそりとした動きをしているものだ。

たとえ腕の良い魔法使いでも、あのようなゴーレムは一体作るだけで精一杯だろう。

アキラが魔法で召喚したのだとしたら、驚嘆すべき技量である。

俄《にわか》には信じられないいくつもの光景を目の当たりにして、カリーナは呆然と立ち尽くした。

驚くべきことが多すぎて麻痺《まひ》したのか、彼女は自分が理解できる範囲の事実を、まず最初に認識する。

「これでは、学院の授業に間に合いませんわ……」

いくら近いといっても、【幻幽の森】と王都では徒歩で数時間以上の距離はある。

カリーナの足ではどう頑張っても、間に合いそうになかった。

こうなったのは、のんきに遅くまで寝込んでいた自分のせいだ。

そう思い、仕方なく大幅な遅刻を覚悟していると、屋敷からアキラが出てきた。

「走っても駄目か？」

「……少なくとも、私には無理ですわね」

今からだと、王都内にある実家から学院に向かって丁度いいぐらいだろう。

王都の外にある森の奥地からだと、下手をすれば学院の授業が終わっているかもしれない。

「師匠も、王都へ行かれるんですの？」

「……そう呼ばれると、背中がむず痒《がゆ》いんだけど」

どこか気恥ずかしそうに頬を掻いて、アキラは頷いた。

「追い追い、自力で通えるようになってもらうけど、しばらくは俺が王都まで送っていくな」

「え？」

送っていくという発言に、カリーナが頭に疑問符を浮かべていると、アキラは彼女の前に立ってしゃがみ込んだ。

「乗って」

「あの、それは流石に……」

短い間にアキラの人となりは把握していたし、別に嫌なわけではないのだが、なんとなく恥ずかしい。

彼の背中を前にカリーナがもじもじしていると、アキラが不思議そうに首を傾げた。

「おんぶは恥ずかしいか？」

「え、ええ」

「う～ん、それもそうか」

アキラがそう言って立ち上がったことに、安堵《あんど》の息を吐いたのも束の間。

何を思ったのか、彼はカリーナに歩み寄ると、彼女を横抱きに抱え上げた。

軽々と自分を持ち上げたアキラに、あわあわと取り乱しながら抗議しようとして――

「舌を噛むかもしれないから、喋らないで」

グンッと体を上に押し上げられるような感覚がして、カリーナは慌てて彼の体に捕まった。

凄まじい速度で、視界に映っていた景色が斜め下に流れていく。

アキラが跳躍したのだとカリーナが気づいたのは、上昇が止まって浮遊感を覚えたところだった。

どうなったのか辺りを見回すと、目に飛び込んできた風景に息を呑《の》む。

二人は今、空を飛ぶ鳥と同じ高さを漂っていた。

遠くには王都の街並みが広がっており、城壁の門から続く街道にはポツポツと商人の馬車らしきものが見える。

人が豆粒のようであり、広いと思っていた王都が手狭な箱庭のように映った。

あんなに小さな場所の中で、うじうじと苦悩していた自分が、ちょっと馬鹿らしく思えてしまう……とまでは言わない。

世界にとってはどれだけ小さなことでも、眼下に見える豆粒の一つでしかない自分の心では、昨日までの重圧に今にも押し潰されそうだったのだ。

だがそれでも、気が大きくなって少し余裕を持つことができた。

ふとカリーナは、この位置まで跳んでみせた師の顔を見上げる。

本当に、彼は一体何者だろうか？

今は魔法を使って足場を作り、それを蹴って空を駆けている。

だが最初の跳躍の時には、魔法を発動した光が見えなかったので、おそらくは魔力で強化した身体能力のみで跳んだのだろう。

なんとも凄まじい肉体強度である。

人間の魔法使いでこんな動きをする存在なぞ、聞いたこともない。

魔法使いで言う肉体強度とは、体内にある魔力でどこまで体を強化できるかのことだ。

外に放出する魔法と違って、いくら体を強化し続けても魔力を消費することはない。

だが体内にある魔力が肉体強度の限界値を下回れば、残っている魔力分の強化しかできなくなる。

つまりアキラは、あれだけのゴーレムを動かしておいて、まだまだ魔力に余裕があるのだ。

彼の実力の底が、見える気がしない。

こんなにも凄い人が自分の師匠なのだと思うと、カリーナはなんとも言えない胸の高鳴りを感じるのだった。

学院には、余裕を持って到着することができた。

何か用事があるらしく、アキラとは王都に入ってすぐに別れている。

二人は今日の授業が終わってから、城壁前で落ち合うことになっていた。

いつになく上機嫌な様子でカリーナが魔法学院の校門をくぐると、昨日と同じように生徒の視線が集中する。

胸の上にある記章の色に、誰もが信じられないといった顔をしていた。

各々の流派から配布される記章は、上級にあたる戦闘系の流派は金色、下級にあたる生産系の流派は銀色で装飾されている。

カリーナの胸にある記章は金色をしており、それは彼女が四級以上の魔法使いしか入れないはずの、戦闘系の流派に弟子入りしたことを示していた。

自分とすれ違う生徒から視線を浴びるたびに、カリーナの上機嫌だった気分はどんどん萎《しぼ》んでいってしまう。

昨日まで自分に向けていたものとは、違う感情の込められた生徒達の目。

もちろん、良い意味での視線はない。

カリーナが七級である事実は変わっていないのだから、当然だった。

生徒の中には、戦闘系に入りたくても泣く泣く諦めた者も数多くいるのだ。

——どうして七級のあいつが弟子入りできて、俺はできないんだ。

そんな、嫉妬というよりも理不尽に対する怒りのような視線を感じるたびに、カリーナは肩身が狭い思いをした。

彼らの目から逃げるように、早足で教室へと向かう。

すると、奇しくも昨日と同じ場所で、レベッカと顔を合わせることになった。

彼女はカリーナの胸にある記章を見て、怪訝《けげん》そうに表情を歪める。

「……ごきげんよう、カリーナさん」

「あら、レベッカさん。ごきげんよう」

見覚えのない紋様だったことで無名どころだと判断したのか、彼女はすぐに、いつもの見下すような態度に戻った。

「まさか、本当に上級の流派に入ってしまうなんて……一体、どんな手を使ったのかしらね？」

「安心して下さいな。貴族の名を貶《おとし》めるような真似はしていませんわ」

「貴族、ねぇ？」

レベッカが、弄ぶ獲物を見つけた時の猫のような、いやらしい笑みを浮かべる。

彼女はカリーナに目を向けたまま、首に掛かっていたアクセサリーを、少し持ち上げてみせた。

アクアマリンにも似た、大きな青色の宝石が幾つも埋め込まれたネックレスだ。

少し装飾過多なような気もするが、むしろ優雅な雰囲気のある彼女には、その方が合っている。

「ねえ、カリーナさん。この首飾り、私に似合っているかしら？」

「ええ、とても似合ってますわ」

カリーナが素直に返すと、レベッカが首にあるネックレスを愛おしそうに撫でた。

「ありがとう。実はこれ、魔力値の底上げをする魔道具なのよ」

レベッカの言葉に、カリーナは軽く目を見張った。

魔力値や感応値といった基礎能力を上げる力を持つ魔道具は、人間の魔法使いには作れず、普通の魔道具よりもずっと稀少なのだ。

上級の魔法使いでも、持っている者は少ない。

魔法使いならば、誰もが憧れるような一級クラスの装備品である。

カリーナの羨むような視線に、レベッカは自慢するように話を続けた。

「昨日、お父様からプレゼントしてもらったの。名門のマクダーモット流に入門できたご褒美ですって」

「そう……」

この時点でカリーナは、レベッカの言葉の裏にあるものを察していた。

彼女は、知っているのだ。

昨日、カリーナが家から放逐されたことを。

もう貴族の娘でも何でもない、ただの平民であることを。

「侯爵家の娘だもの。貴女にもきっと、お父様から何か贈り物があるわ」

「……」

唇を噛んで黙り込んでしまったカリーナに、レベッカが高笑いをしながら去っていく。

まだ癒えていない傷に、塩を塗り込まれたかのようだった。

すぐには立ち直れず動けないでいると、背後からカリーナの肩に手が置かれる。

見ると、いつもの眠そうな無表情を、僅かにだが心配そうに歪めたエミリアが立っていた。

彼女の隣には、レベッカの背中に憎々しげな目を向けているヘレナもいる。

「大丈夫？」

「ええ……」

「ほんと、嫌なやつだよね～」

ヘレナはそう言ってからカリーナに向き直り、今度は一転して弾んだ声を上げた。

「おめでとう、カリーナ！　弟子入り先が見つかったんだね」

「おめでとう」

「ありがとう、エミリア、ヘレナ」

実家から捨てられても変わらず接してくれる二人に、カリーナは救われたような思いがする。

ヘレナはカリーナの胸にある記章を見て、唸《うな》りながら首を傾げた。

「う～ん、私の知らない紋様だけど……なんて流派なの？」

「……あっ」

その質問に、カリーナは自分が大切なことを失念していたことに気が付いた。

「どうした？」

「流派の名称をお聞きするのを、忘れていましたわ……」

「あはは、カリーナらしいね」

おろおろとする彼女に苦笑した後、ヘレナは少し気まずそうにしながら、心配していたことを切り出した。

「それで、その……泊まる所はあるの？　もし困ってるなら、うちに来る？」

「大丈夫ですわ。しばらくは師匠の所に泊めてもらえることになりましたの」

「へえ？」

カリーナが二人にアキラのことについて話していくと、どうしてかヘレナは険しい表情になっていった。

弟子が一人しかおらず、森の外れにある家で二人暮らしになることを説明したあたりで、エミリアの無表情もどこか硬くなっている。

そんな二人の反応に、カリーナは不思議そうに首を傾げた。

「二人とも、どうなされましたの？」

「ねえ、カリーナ。そのアキラって人に、何かされてないよね？」

「ええっと……何か、とは？」

よく分かっていない彼女に、ヘレナが周りに聞こえないよう耳打ちをする。

その内容に、カリーナは一瞬で顔を真っ赤にした。

「し、師匠はそんなことをする人ではありませんわ！」

まだ会って間もないはずのカリーナの断言に、ヘレナは微妙そうな表情を浮かべる。

「だってカリーナって、意外と単純……ゴホンッ、純粋で騙されやすいところがあるしな～」

「うん。だから、とても心配」

「まあ、お二人とも失礼ですわ！」

二人の言い様に、心外だと頬を膨らませたカリーナであった。

第八話 偵察

The 8th story

Raising Project: a pupil of the strongest Brave

俺は王都でカリーナと別れると、すぐに物陰に隠れた。

魔法を発動した時の光が見えないように、こっそりと陰から、通行人に向けて手当たり次第に【アナライズ】をかけていく。

途中でちょっと眩しくなってきたので、サングラス代わりに濃い色の付いた眼鏡……ゲームのおまけアイテムだ……を取り出して、顔に掛けた。

なぜ俺がこんな不審者のような真似をしているかというと、この世界の人間が、どのくらいのステータスをしているのか調査するためだ。

弟子の育成にも目安として使えるし、俺のステータスがどの程度なのかも分かる。

でも白昼堂々と、他人に向けてカメラのフラッシュの如く魔法の光を放っていれば、王都の住人から白い目で見られること請け合いだ。

だから、目立たないよう隠れた。

でも、物陰でピカピカ光ってるのは丸分かりだったようで――

「おい貴様、そこで何をしている！」

「！」

途中で金髪の厳《いか》つい衛兵らしき人に見つかって、追い掛けられてしまった。

俺はただ、通りすがりの人を【アナライズ】していただけだというのに……

幸い、眼鏡のおかげで顔は見られていなかったようだし、身体能力は俺の方が高かったので、しっかり衛兵も【アナライズ】してから撒《ま》いた。

なぜか衛兵の人が凄く怒っていたが、俺は無罪なので気にしないでおこう。

危ない思いをした甲斐があって、沢山の人のステータスを見ることができた。

まず魔法使いでない者は、ほとんどの人が魔力値0だった。

これは魔法の才能がないということなのだろう。

たまに一桁分だけ魔力を持っている者もいたが、この数値ではまともに魔法が使えないはずだ。

そして次に魔法使いのステータスなのだが、こちらはけっこうバラつきがあった。

だが、カリーナほどステータスが低い魔法使いは滅多に見つからなかった。

彼女は自分のことを劣等生だと言っていたが、やっぱりそれは謙遜でも何でもなかったようだ。

少なくとも王都にいた魔法使いの中では、紛う方なき底辺である。

倒れるほど努力してそれは、切なすぎるだろう……。

あまりに不憫なので、俺がやれることは全てやって育てようと思う。

逆に、ステータスが特に高かった魔法使いは、魔力値が二百前後ぐらいあった。

感応値や肉体強度も似たような感じで、どれか一つでも三百にまで達している者は皆無である。

まあ天使や魔族は別格だろうし、他の種族はまた違っているかもしれないが、少なくとも人間種の強さはこんなものなのだろう。

次に俺は、魔法使いの装備品を売っている店を回っていった。

どのくらいの性能を持った装備品が普通なのか、調べるためだ。

カリーナには、一般的に出回っているものよりも、少し上ぐらいの性能の装備品を渡すつもりである。

別にアイテムボックスの中にある最強装備を渡してもいいのだが、それを着たカリーナが表に出ると、なんとなく面倒なことになりそうな気がするからだ。

だって、ゲームで見た装備品の説明欄には、「伝説の〜」とか「神が創造した〜」とか大仰な設定が付いているものばかりだったし。

幾つか店を見て回って思ったのだが、やけに派手な装備品が多かった。

やはり魔法使いの装備品は、派手なのが普通なのだろうか?

もしそうなら、今の自分の装備も考え直さないといけない。

とりあえず王都で一番広い店で目立つところに展示してあった装備品を基準にすることにした。

これよりちょっとだけ良い装備品を渡しておけば間違いないだろう。

俺はそこで調査を打ち切り、後は適当に王都を散策して時間を潰してから、カリーナと合流したのだった。

俺はこの時、ステータスと装備品を調べただけで、人間の魔法使いの強さがどれくらいなのかを把握したつもりでいた。

この世界はゲームとは違うと分かっていたつもりで、どこかゲームと同じように考えていたのだ。

自分の認識が甘すぎたと気が付いたのは、カリーナを連れて王都を離れた後だった。

帰り道で、ずっと何かを聞きたそうな顔をしていた彼女は、屋敷の庭先で俺の腕から降りると、すぐにこう質問してきたのである。

「あの、師匠の流――っ、……属性適性は何ですの？」

「え、何それ？」

思わず素で答えてしまった瞬間、やってしまったと思った。

彼女の口ぶりからして、その属性適性とやらは魔法使いの常識にある何かなのだろう。それを知らないとなると、変に思われてしまう。

一瞬ヒヤリとしたが、どうやらカリーナは俺の反応に勘違いしてくれたらしい。

彼女は深刻そうに俯いた後、小さな声で「今さら師匠の――を知らないなんて、言えないですわ……」と呟いたのが聞こえてきた。

就職の面接に行って採用を受けたのはいいけど、実はその会社の仕事内容を知らなかったような気持ちだろうか？

昨日できたばかりの流派の師匠だし、偽名を言っちゃったし、その属性適性とやらを知らないのが普通なんだけどね。

都合がいいので、そのことは黙っておくことにする。

俺はこっそりと安堵の息を吐いてから、逆に聞いてみることにした。

「カリーナの属性適性は、何なんだ？」

「わたくしは、火と風ですわ」

「他の属性は使えないのか？」

「ええ、魔法学院に入学した時にあった検査で、適性はその二つだと診断されましたわ」

「そうか……」

どうやら、この世界の普通の魔法使いは、扱える属性が限られているらしい。

二つの属性が使えるのは、普通と比べて多いのか少ないのか分からない。

カリーナは成績が低いようだし、少ない方なのか？

……いや、属性適性だけは並以上の才能がある可能性もある。

悩んだ末、俺は正直に答えることにした。

「俺は使えない属性がない」

「全属性を……」

やめて、そんなキラキラした目で見ないで。

中身はそんな大した人間じゃないんです。ただのオタクな大学生です。

「師匠の魔法を、見てみたいですわ」

「ん～、リクエストはあるか？」

「それでは、火属性か風属性の魔法を」

カリーナは、考える素振りを見せずにその二つの属性を選んだ。

まあ、自分の使える属性に興味を抱くのは当然か。

危ないので、カリーナに俺の後ろにいるよう伝えてから、どんな魔法を使おうか思案する。

最初は、何も考えずに一番強い魔法を使おうと思った。

だがここで派手な魔法を披露してドヤ顔はちょっと恥ずかしいし、下手をすると威力が大きすぎて引かれるかもしれないので、やめておくことにする。

かといって、弱すぎる魔法を見せても、今度はがっかりさせてしまうだろう。

自分の師匠が弱い魔法しか使えないとなると、かなり不安になってしまうはずだ。

ならばここは一段だけ下げて、火属性の上級魔法である【インフェルノ】や、風属性の上級魔法である【ヘルブラスト】あたりが妥当だろうか？

……いや、これも駄目な気がする。

よく考えると、どちらもゲーム終盤の強敵と戦えるぐらいの威力があるのだ。

王都にいる魔法使いぐらいの強さでは、束になっても勝負にならないであろうモンスターを、単独で撃破可能な魔法なのである。

王城を一撃で破壊できそうな威力だと言った方が分かりやすいだろうか？

もちろん空に向かって撃つが、余波でも土埃《つちぼこり》が酷いことになるし……

なので結局、さらに一段下げた魔法でいくことにした。

意識を集中し、集まってきた精霊から赤い玉を選んで五つ揃える。

赤い光が融合して弾けると、火属性の中級魔法である【フレア】が発動した。

地面に着弾してしまわないよう、やや斜め上に向けて、それを放つ。

魔法を発動させた時の白い光が出た次の瞬間、鼓膜を破りそうな勢いで爆発音が連鎖し、赤い炎の花が幾つも咲き乱れた。

辺りに衝撃波が吹き荒れ、地面の震動がその上に立つ足に伝わってくる。

やがて放った魔法が収まると、直接火が触れたわけでもないのに、爆発が起こった空間の真下にあった雑草がぽっかりと消し飛んでしまっていた。

想定通りの威力で発動したことに満足感を得ると、俺は自分の背後で魔法を見ていたであろうカリーナを振り返る。

見ると彼女は、尻餅をついた姿勢で口を半開きにしていた。

「どうした？」

「……い、今の魔法は？」

「【フレア】だ」

魔法名を教えると、カリーナは急にガバッと立ち上がって、俺に詰め寄ってきた。

勢いに圧《お》されて一歩下がると、彼女はさらに一歩進んで迫ってくる。

「そ、その魔法は教えて頂けるんですの⁉」

「ああ……いや、ちょっと待て」

思わず頷きかけてから、すぐに自分には魔法を教えられそうにないことを思い出した。

ゲームにもあった、精霊の繋《つな》げ方のコツや相性のいい魔法の組み合わせなどなら、教えられることもあるかもしれない。

だが、使用する魔法自体はどう教えていいのかまるで分からないのだ。

だから慌てて待ったをかけると、カリーナが暗い顔で肩を落としてしまった。

「そ、そうですわよね。流派の奥義かもしれない魔法を、入門したばかりの弟子が教えてもらえるわけが――」

「いや、そうじゃないから」

カリーナの誤解を、首を横に振って否定する。

……否定してから、ちょっと後悔した。

「弟子になったからといって、簡単には魔法は教えない」という、教育方針っぽい理由を付けておけば、時間稼ぎになっただろうに……。

笑顔になったカリーナから期待の眼差しを向けられると、今さら「やっぱり駄目」とは言えなかった。

俺は短い時間、逡巡《しゅんじゅん》した後、ふと妙案を思いついて彼女を手招きする。

「ついてこい」

「はい」

俺はカリーナを連れて屋敷の中へ入り、二階にある書斎へと案内した。

中身を詳しく確認してないが……というか文字が読めないので確認しようがないが、何かそれっぽい本が沢山ある部屋だ。

表紙に魔法陣っぽいのが描かれてあるので、きっと何らかの魔法書なのだろうと思う。

違ってたら、謝ろう。

「この部屋にある本は、自由に読んでいい」

俺がそう言うと、どうしてか呆けた表情をしていたカリーナは、ふらふらとした足取りで本棚へと歩み寄った。

その中の一冊を取り出すと、目を皿のようにして一心不乱に読み始める。

……なんか、目が血走ってて怖い。

「できるだけ、自力で勉強すること。どうしても分からないことがあった時だけ、質問に来い」

実際に来られたら化けの皮が剥がれそうなので、心より健闘をお祈りしております。

「ほ、本当に、ここにある全ての本を、自由に読んでいいんですの？」

俺の声で我に返ったカリーナが、恐る恐るといった様子で確認してきた。

本を持つ手が、ちょっと震えている気がする。

「ああ、そうだ」

「——っ、ありがとうございます！」

頷くと、カリーナに深々と頭を下げられた。

……それって、そんなに凄い本なのだろうか？

軽々しく人に読ませてしまってよかったのだろうかと、ちょっと不安になる。

どんなことが書いてあるのか興味も湧いてきたし、これからコツコツとこの世界の文字を覚えていこうかな……と考えていたところで、部屋の外から窓を小突く者がいた。

俺が窓を開けてやると、背中の翼を動かして宙に浮いている女性が、弾んだ声を上げて中に入ってくる。

「あ～、いたいた。本当にこんな所に住んでたのね～」

そう言って二階の窓から直接入ってきた女性を見て、カリーナが瞠目《どうもく》した。

何やら死にかけの魚のように、口をぱくぱくさせている。

「ウリエルか。何しに来た？」

「何って、遊びに来たのよ～。昨日、そう言ったじゃない」

「……そうだったな」

昨日の別れ際、寂しそうな顔をされたのに負けて、つい住んでいる場所を教えてしまったのだ。

たしかに「暇があったらいつでも遊びに来ていい」とは言ったが、その次の日に来るとは思わなかった。

「ウ、ウ、ウ、ウリエル様⁉」

「あら、誰かしら？」

ようやく声を絞り出したカリーナに、小首を傾げて彼女を見るウリエル。

二人の反応を見て、俺はなんとなく面倒くさいことになりそうな予感がした。

The 9th story

第九話――入浴

Raising Project: a pupil of the strongest Brave

魔力が極端に低いカリーナは、他の一般的な魔法使いよりも、魔法の練習に当てられる時間が少ない。

魔法を使用するには、魔力が必要だからだ。

カリーナの魔力では、初歩的な魔法でも少し練習しただけで尽きてしまう。

一度魔力が空になってしまうと、後は自然と回復するまで、実践的な練習はおあずけになるのだ。

だからカリーナは、その空いた時間を他の訓練や勉学に費やした。

特に魔法に関する知識なら、学院の同級生どころか上級生にだって負けない自信がある。

各流派が独自に開発している魔法の詳細までは知る術がないものの、広く開示されている魔法はだいたい覚えていたし、大会などでトップクラスの魔法使い達の戦いを観察して、誰がどのような魔法を使用していたかを、カリーナは全て覚えていた。

だがそんな彼女でも、自分の師匠が使ってみせた魔法は見たこともなかった。

一級魔法使いの奥義に匹敵する……いや、それ以上の強力な魔法を放って涼しい顔をしているアキラの魔力にも驚いたが、それ以上に興奮した。

自分も同じ魔法を教えてもらえるかもしれないと思うと、気が昂ぶった。

そしてアキラは、彼女のそんな期待を遥《はる》かに上回る場所に連れて行ってくれた。

一冊一冊が国宝級の……どれか一冊でも外に流出したら、魔法学界に革命が起こりそうなクラスの魔法書が、大きな本棚にぎっしりと詰まっている書斎。

そこに案内され、アキラはどれでも自由に読んでいいと言い出したのだ。

これには流石に、目眩《めまい》がした。

自分如きに、これほどのものを与えて本当にいいのだろうか？

自分は、これほどの厚遇に報いることはできるのだろうか？

そんな不安を覚えるのと同時に、アキラの流派名を知らないことに罪悪感が湧いた。

これほどの人が師範を務める流派を、どうして自分は知らなかったのだろうか？

弟子を取るのは初めてだと言っていたが、彼ほどの人物が無名なわけがない。

きっと自分が、どこかで見落としていたのだ。

カリーナはそう考えた。

だから今さら流派の名を聞くのは、「あなたの流派が何か？　聞いたこともないけれど、他になかったので弟子入りを希望しました」と白状しているようなもので、気が引けた。

実際にその通りなのだし、自分が悪いのだが、初めて自分を評価してくれた人から熱意を疑われるかもしれないと思うと、どうしようもなく怖かった。

だが、いつまでもこのままにしておくわけにはいかない。

そう思うカリーナは、どうにかして話を切り出そうと苦悩していたのだが……アキラの屋敷に、とある天使が訪問してきた衝撃のせいで、頭の中から吹き飛んでしまった。

なにせやってきた天使は、魔法使いならば誰でも知っているような有名人だったのだ。

王都の魔法使いギルドのトップにして、トウェーデ魔法学院の学院長。

天界でも六名しか存在しない最上位階級の熾天使《してんし》。

かつて勇者アデルと共に魔王の軍勢と戦った、生ける伝説。

神焔《しんえん》のウリエル、その人だった。

「あら、誰かしら？」

「俺の弟子だ」

「カ、カリーナと申します」

アキラから紹介され、カリーナは緊張した面持ちで頭を下げる。

彼女がウリエルの姿を見たのは、これが初めてではない。

だがそれは、トウェーデ魔法学院で新入生の入学を祝う催し事があった際に、挨拶に来た彼女を遠目から見たのみであった。

当時は、絵本の中で憧れるしかなかった存在の登場に、誇張抜きで感涙しそうになったのをカリーナは覚えている。

そんな天上人であるウリエルは、カリーナの名前を聞くと、こめかみに指を当てて考え込んだ。

「ん～、どこかでその名前を聞いたような……？　ああ、思い出した！」

ウリエルは手をポンと打つと、どこか悪戯っぽい笑みを浮かべた。

「七級で、四級の依頼を受けようとしていた問題児ちゃんね～」

そう言って上品に笑うウリエルに、顔色を青くしたカリーナは慌てて頭を下げた。

「あ、あの時は、ご迷惑をお掛けしましたわ！」

「ああ、別に責めているわけじゃないのよ～」

宥めるようなウリエルの声に、しかしカリーナは内心で戦々恐々とする。

もしかしたら、自分を戦闘系に入門させないよう各流派に通達したのは、彼女なのかもしれないとカリーナは思っていた。

正直なところ、それを知った時は危うく逆恨みしそうになった。

でも今なら、悪いのは圧倒的に自分だったと冷静に考えられる。

天使は、地上に生きる人間や亜人の守護者だ。

五級以下が戦闘系に入門できなかったり、ギルドが受けられる依頼を厳しく管理しているのも、ひとえに魔法使いの命を守るためである。

自分の行いは、その気遣いを踏みにじるようなものだったと思う。

悪いのは自分。

それが分かっているからこそ、咎《とが》められるのが怖かった。

今にも、「七級の生徒がどうして戦闘系の流派に入門しているのか」と言われそうで、気が気でなかった。

そう言われてしまえば、自分はここを出て行くしかないのだから。

だがカリーナのそんな心配は杞憂だったようで、ウリエルは特に何かを咎めることはなかった。

「ふふふ、でもちょっと意外だったわ」

「そうか？」

「そうよ～。あなたの性格なら、弟子を取るのにもっと時間がかかると思ってたもの」

アキラとウリエルは、知り合いなのだろうか？

どこか親しそうな二人の雰囲気に、カリーナはほんの少しだけ、胸の奥がチリッとしたような気がした。

それが何なのか分からず、カリーナは不思議そうに首を傾げる。

すると、いつのまにかウリエルが彼女の顔を見つめていた。

「ふ～ん？」

「あの、何か？」

じっとりと観察するような視線に、何かを見透かされたような気がして、カリーナは落ち着かない気分になる。

どうしていいか分からず戸惑っていると、ウリエルが名案を思いついたとばかりに、手を叩いた。

「そうだ！　ねえ、カリーナさん。今ちょっと時間はあるかしら？」

「それは……」

言い淀みながらアキラに目を向けると、彼はカリーナの言わんとしていることを察して頷く。

「ああ、今日はもう構わないぞ」

カリーナがアキラの許可を得ると、改めてウリエルは弾んだ声を上げた。

「なら一緒に、お風呂に入りましょう」

「…………え？」

あまりにも唐突に思えるウリエルの提案に、カリーナは目を点にしたのだった。


屋敷から少し離れた場所にある建物に、それはあった。

王侯貴族でも見たことがないであろう、絢爛《けんらん》豪華な浴室。

床から浴槽に至るまで、磨き上げられた白い大理石が敷き詰められ、天井は石造りでありながら、付与された魔法によって空を一望できるようになっている。

広大な浴槽の傍には獅子《しし》の彫刻があり、その口からは絶えずお湯が吐き出されていた。

どこか神殿を連想させる造りの浴場に、カリーナとウリエルは感嘆の声を上げる。

「やっぱり、あったわね～」

「やっぱり？」

彼女の発言に首を傾げると、ウリエルは苦笑しながらも、懐かしそうに目を細めた。

「彼って、昔からお風呂が大好きだったのよ。一日に、何回も入っていたぐらいに」

「……よく知っておられるのですね」

「ん～？　そりゃね～」

またチリチリとしてきた胸の内を誤魔化すように、カリーナは浴槽に入ろうとして――

「あら、駄目よ」

ウリエルに腕を捕まれて引き留められた。

「湯につかる前に、ちゃんと体を洗うか、かけ湯をしてから入らなきゃ。あなたのお師匠さんに見られたら、口うるさく怒られるわよ～」

「そ、そうなんですの？」

アキラに見られるというのは別の意味で大問題になると思うが……それとは別に、聞いたことのないマナーに、カリーナは首を傾げる。

そもそも彼女は、実家では一人で浴室に入ったことはなく、いつも侍女にされるがままだった。

爪の先まで磨き込むのは侍女の仕事で、自分ではまともに体を洗ったことがない。

そのことに思い至ってカリーナが戸惑っていると、彼女が元貴族の子女だと知っているウリエルは、面白い悪戯を思いついた時の子供のような笑みを浮かべた。

「もしかして、お風呂の入り方が分からないのかしら？」

「え、ええ。お恥ずかしながら……」

「ふふふ、なら私が教えてあげるわね～」

嫌な予感を覚えるも、どうしていいか分からず、カリーナは浴場の端に備え付けられていた椅子に座らされた。

そして手近にあった入れ物から見たこともない液状の何かを手に取ると、ウリエルはザラザラとした奇妙な布を使ってカリーナの体を洗い始める。

珍しい布や洗剤を使っていること以外は、侍女達がやっていたことと別段変わったところはない。

だというのに、どうしてか背筋にぞわぞわと悪寒が走った。

体を探られるような手付きに、思わず眉を顰めてしまう。

「ん～」

「どうかしましたの？」

「子作りをするには、まだちょっとだけ成長が足りないかしら？」

「こ、こづくっ——」

ウリエルの発言に、カリーナは思わず彼女の手から逃れるようにして、立ち上がってしまった。

「あら、どうしたの？」

ニコニコと悪びれない笑顔に、カリーナは堪えきれずに嘆息する。

そして、恨めしそうにウリエルの大きく実ったそれに目をやった。

たしかに彼女のそれに比べれば、自分のものは貧相な育ち方しかしていない。

「わたくしには、まだ早いです」

「そうかしら？　あと二年ぐらいで、早い人は結婚している年齢よ？」

「あと二年もありますわ」

「たった二年しかないわよ～」

悠久の時を生きるウリエルと、まだ十三年ほどしか生きてないカリーナとでは、時間への捉え方が違っているのはしょうがない。

カリーナはまた小さく溜息をついて、話を変えることにした。

「どうして、そんな話を？」

「ん～、優秀な子孫は沢山いた方がいいからかしら？　私じゃ、人間の子供は産めないもの」

「はあ……」

言っていることがよく分からず、カリーナは困惑する。

だがウリエルはそれに構わず、自分のペースで話を続けた。

「ねえ、彼のことはどう思ってるのかしら？」

「彼？」

「貴女のお師匠様のことよ～」

「素晴らしい方だと思いますわ」

素直に思ったことを伝えると、なぜかウリエルに顔を凝視された。

「ふむ、まだ自覚はないのかしら？　それとも私の勘違い？」

「……え？」

「さあ、体を洗ったら浴槽に入りましょう～」

ウリエルはそう言うと、カリーナにはわざわざ引き留めてまで体を洗ったというのに、自分は軽くお湯をかぶっただけで浴槽に入っていった。

なんとなく彼女の性格が掴めてきたカリーナは、釈然としないものを感じつつも、何も言わずに後に続く。

二人が浴槽に入り、湯に肩までつかった瞬間、カリーナの体が唐突に淡い光に包まれた。

体の奥底に眠っていた力が目覚めて滾《たぎ》ってくるような心地に、目を丸くする。

「あ～、この感覚、懐かしいわね～」

「何ですの？　これ……」

「ふふふ、驚いた？」

自分にまとわりつく青白い光を見て不思議そうにしているカリーナに、ウリエルが説明する。

「魔力の回復、肉体強度や感応値の一時的な上昇などなど……彼の造るお風呂は、昔から特別製だったの。便利でしょ？」

「便利って……」

そういう次元の話じゃなかった。

魔力が回復するお風呂があるなど、物語にあるような絵空事の中ですら聞いたことがない。

このようなものが表に出たら、世界中の国や魔法使いが大騒ぎするのではないだろうか。

「魔力が尽きたら、何度でも入るといいわ。それなら、一日に好きなだけ魔法の練習ができるでしょう?」

「え、ええ……」

カリーナは、わりと風呂に入ることは好きだ。

それが、このような煌《きら》びやかで豪華な浴場となれば、尚更である。

今日のようにウリエルに遊ばれなければ、それこそ一日何度入っても飽きないだろう。

だからカリーナとしては、訓練でそんなに楽しい思いをしていいのかと、ちょっと不安になったのだった。

The 10th story

第十話——流派

Raising Project: a pupil of the strongest Brave

二人が風呂から上がってきた後、すぐに俺の恐れていた事態が起こった。

カリーナから魔法について、分からないところを質問されたのだ！

未だこの世界の文字すら読めない俺は、当然答えられるわけがない。

だから苦し紛れに、グーと念じてバーとやる感じだと言ったら、しょっぱい顔をしたウリエルが、今日のところは代わりに勉強を教えることになった。

「これだから天才は……」とぶつぶつ文句を言っていたことからして、良い具合に勘違いしてくれたらしい。

過去にいたであろう、本物の天才達が作った奇天烈なイメージに感謝だ。

ウリエルは全属性を扱えるが、得意な属性は火なので、カリーナには教えやすいのだそうだ。

これからも、屋敷に遊びに来た時限定だが、彼女に勉強を教えてもいいとも言っていた。

それにしても、俺の代わりに勉強を教えてくれているのは有り難いのだが、ウリエルは忙しくないのだろうか？

たしかギルド長と学院長を兼任しているのではなかったか？

仕事がどうなっているのかちょっと気になったが、深くつっこんで、その結果帰ってしまったら困るので、何も言わないでおく。

さて、ひとまずは化けの皮が剥がれる事態を回避できたのだが、今度は俺のやることがなくなってしまった。

……というか、魔法を教えられない魔法使いの師匠とか、存在する価値がない気がする。

二つを組み合わせることで威力が上がる魔法だとか、連鎖による連携だとか、そういうゲームにあったことならいくらでも教えられるのだが……実践はともかく、基礎的な理論の部分は全然教えられないのだ。

ゲームだと、レベルが上がったら魔法を覚えたしね。

コントローラーを握っていただけの俺が、魔法の勉強なんてしているわけがない。

まあ、そこらへんは追い追い何とかするとして……何とかできるかな？　……特にすることがなくなってしまった俺は、アレの生産と今日の夕飯に力を入れることにした。

ちなみにアレとは、ゲーム終盤の敵がごく稀《まれ》に落としていく「○○の実」シリーズのことである。

○○の部分に入るのは、「魔力」とか「筋力」の文字で、これにはステータスの基礎値を僅かに上昇させる力があった。

ＲＰＧなら定番のアイテムだろう。

それで、この「○○の実」シリーズ。

実はゲームのおまけ要素である裏ダンジョンをクリアすると、「○○の実」を生産できる「○○の種」が手に入るのだ。

キャラクターごとに成長限界が設定されており、一定以上は上げられないようになっていたものの、それでもゲームバランスを著しく破壊してしまう代物ではあった。

まあ裏ダンジョンの最下層にいた裏ボスよりも強い敵はいないので、「○○の種」を手に入れた時点で、もう他には苦戦するような敵が存在しておらず、特に問題はなかったのだが。

【エレメンタル・スフィア】のアイテムは全てコンプリートしているので、俺はもちろんこの「○○の種」も持っている。

そこで俺は、この「○○の種」を使って「○○の実」を量産し、メニュー画面にあった料理スキルを使ってカリーナに食べさせることを思いついたのである。

「○○の実」のストックもあったので、今朝に食べさせたリゾットの中にも、魔力の実をこっそりと入れておいた。

ゲームのステータスが、この世界だと何のステータスに反映されるのか分からないが、とりあえず万遍なく食べさせていこうと思う。

ゲームではアイテムさえあれば無限に食べさせられたのだが、この世界ではそうもいかないだろう。

一度に食べられる食事量には限界があるだろうし、「○○の実」の生産もプレイ時間では一時間に満たなくても、作中の描写では数日ぐらいかかっていたはずだ。

まあ一気にステータスが上昇しすぎても困るだろうし、ゆっくりと上げていけばいい。

カリーナに足りないのは、基礎的な能力だ。

彼女はとても勤勉だが、根本的な才能の部分が致命的になかった。

これをどうにかしない限り、彼女は弱いままだろう。

つまり彼女が強くなれるかどうかは、この「〇〇の実」にかかっているのだ。

俺には魔法を教えることはできないが、それよりも大事な部分を補うことができるのだ。

だから、ウリエルの方が師匠みたいだとか、俺いなくてもいいんじゃね？　とか、そういうことはないはずだ。

俺は自分にそう言い聞かせて、張り切って「〇〇の実」の生産に着手した。

下地になる畑は、昨晩のうちにゴーレムを使って用意させてある。

俺はその畑の上に立って、アイテムボックスから取り出した種を地面に植えた。

水をやった。

……やることが終わってしまった。

後のことは、ゴーレムが勝手にやってくれる。

夕飯までまだ時間があるし、とても暇だ。

どこかに行こうにも、ウリエルにカリーナの勉強を教えてもらっておいて、自分だけ遊びに行くのは気が引ける。

　でも、何もしないでいるのはつらい。

何か暇潰しに使えるものはなかったかと、アイテムボックスの中を探ってみた。

するとキーアイテムの一覧で、初心者用のチュートリアルに用意された、パズルを練習するアイテムを見つける。

選択してみると、日本で販売されていた携帯ゲーム機のようなものが出てきた。

ボタンはなく、ゲーム機を手に持って念じることで動かし、ひたすらパズルだけをやっていくものだ。

他にすることもないので、ファンタジーにはあまり似つかわしくないそれを、しばらくプレイする。

ポツポツと作業のようにパズルを進めながら……ふと俺は、「どうして自分はこの世界にいるのか？」なんてことを考えた。

どういう原理でゲームのキャラになってしまったのかは分からないし、今は考えても仕方ない。

だがそれとは別に、何か課せられた使命のようなものがあるような気がしたのだ。

明確な根拠はない。

ただ、なんとなくそんな予感がしただけだ。

カリーナと出会ったことも、本当にただの偶然だったのかと疑っている自分がいる。

俺が、アデルとしてこの世界に来た意味。

誰かから、何かを求められているような……そんな気がするのだ。

俺が、もっと師匠らしくなったら分かるのだろうか？

ならば魔法も、いずれは教えられるようにならないとな。

つらつらとそんなことを考えていると、やがて腹を空かせたウリエルが夕飯の催促に来たのだった。


夕飯は様々な具を贅沢に盛り合わせた海鮮炒飯と、スープの組み合わせにしてみた。

三人で小さな食卓を囲み、冷めないうちに頂くことにする。

この近辺では珍しい米料理をスプーンで頬張り、ウリエルが頬に手を当てて感嘆の声を上げた。

「ん〜、相変わらず美味しいわ〜」

「それはどうも」

ランドリア王国ではパンが主食らしいので口に合うか不安だったが、彼女の反応を見る限り大丈夫のようだった。

カリーナなどは、食べるのに夢中になって無言になっている。

ちなみに、ステータスが上昇する実はカリーナの炒飯にしか入れていない。

しばらく食事を楽しんでいると、ふとウリエルが何かを思い出したように手を打った。

「ああ、そうそう。ちょっと言い忘れてたんだけど——」

「なんだ？」

「ちょっと困ったことになってて～」

「ふむ？」

言葉とは裏腹に、あまり困ってなさそうな様子のウリエルに、本当は大した話ではないのだろうと適当に聞き流しかけて――

「王都に【魔化の宝珠】が入り込んだかもしれないのよ」

「ブッ」

危うく、口の中の炒飯を吹き出しかけた。

俺の反応を見て不安になったのか、カリーナが食事の手を止めてウリエルに目を向ける。

「それは、どういうアイテムなんですの？」

「人の体を、魔界にいる魔族が乗っ取ってしまうアイテムよ～。人間界への侵入を目論む魔族が、時々地上に送ってくるの」

魔族という単語が飛び出して、カリーナが頬を引き攣《つ》らせた。

「そ、それは大丈夫なんですの？」

「あまり大丈夫じゃないわね～」

ウリエルの言う通り、【魔化の宝珠】はかなりやばいアイテムだった。

ゲームでも度々登場した重要アイテムで、この【魔化の宝珠】によって魔王の手先が人間界に入り込み、何度も災害を引き起こしている。

ゲームでは街が崩壊しようが、国の軍隊が壊滅しようが、「ああ、そうか」ぐらいの感想で済ませられた。

悲劇的なイベントとしての感傷はあっても、あくまでフィクションの話だったからだ。

でも、ここで同じことが起きてしまえば、そうもいかない。

「だから、一応気を付けておいてもらおうと思って。王都で魔族に対抗できるのは、私か貴女の師匠ぐらいだもの」

「師匠が……」

またカリーナが、キラキラした視線を俺に向けてくる。

ゲームでも、普通の人間では力の差がありすぎて魔族に勝てないという設定だったし、気持ちは分かる。

でもそれは「アデル」の力が凄いだけだ。

俺自身は単なる小市民なので、なんだか彼女を騙しているような気がしてしまい、尊敬の眼差しが心に痛かった。

俺がひたすらカリーナの視線に耐えていると、ウリエルが話を続けた。

「大会も近いし、それまでには何とかしたいわね～」

「大会？」

「トウェーデ魔法学院の大会よ」

ウリエルの説明によれば、トウェーデ魔法学院は夏になると、魔法使いの強さを競い合う大会を開くのだそうだ。

学年別のトーナメント戦で、主に戦闘系の流派に入門している生徒が参加するらしい。

同時に生産系の生徒による、自作魔道具の品評会なるものもあるらしいが、どうしても注目度ではトーナメント戦に負けてしまうとのことだった。

その魔法大会には大陸にある様々な国が注目しており、良い成績を残せばかなりの名誉になる。

さらには、上位に入賞した三名は学院の代表に選出され、冬に他の三つの大陸にある魔法学院の代表と戦うことになるのだ。

ただ、他の大陸からは人間以外のエルフや獣人などの生徒が出張ってくるせいで、人間しかいない大陸のトウェーデ魔法学院出身の生徒の成績は毎回のように芳しくないらしい。

話を聞いている限り、想像していたものよりもずっとスケールが大きくて面白そうな大会だった。

「ふむ。なら夏の大会で良い成績を残せば、カリーナは実家に帰れるようになるかもしれないな」

「……そう、ですわね」

俺の発言に、カリーナは暗い表情で顔を俯かせる。

「でもわたくしの力では――」

「よし、優勝しよう」

「え?」

優勝という言葉に、カリーナが衝撃から目を丸くして固まった。

そんな彼女とは裏腹に、ウリエルは当然とばかりに頷く。

「そうね～。だってラングフォード流の弟子だもの。優勝ぐらいはしないとね～」

「えっ……ええ⁉︎」

ウリエルから飛び出したラングフォードという名称に、カリーナは限界まで目を見開いて立ち上がった。

勢いよく立ったせいで、座っていた椅子が反動で後ろに倒れる。

けっこう大きな音が鳴ったが、それどころではないカリーナは、俺に震えた声で確認してきた。

「ラ、ラングフォード流って……」

「あら、知らなかったの？」

「あ～……すまん、アキラは偽名だ。本名はアデルだ」

気恥ずかしさで頭の後ろを掻きながらそう言うと、カリーナは皿のようになった目で俺を凝視し……気を失って、後ろに倒れ込んだのだった。

The 11th story

第十一話――能力測定

Raising Project: a pupil of the strongest Brave

自分の師匠は、あの伝説のアデル・ラングフォードだった。

そんな衝撃の事実を聞かされた次の日、カリーナはふらふらとした足取りで学院にまで来ると、ぼんやりとした様子で自分の席に座っていた。

世界中の誰もが知っている、人類最強の魔法使い。

そんな人が身近にいて、カリーナの弟子入りを認めてくれている。

数日前の自分が聞けば、とうとう頭がおかしくなったのかと、哀憐の情を抱くことだろう。

どこか現実味が薄すぎて、今も明晰夢《めいせきむ》を見ているような気分だった。

次の瞬間に実家のベッドで目が覚めて、今までのことが夢だったとしても、カリーナはあっさりと受け入れてしまう自信がある。

「ああ、良い夢だったな」と、寂しくはあっても、いつもより機嫌良く一日を過ごせるだろう。

昨日の衝撃が未だに抜けようとせず、ふわふわと雲の合間を漂っているかのような心地だった。

近くに座っているエミリアが何を言っても、半ば思考が止まっているカリーナには届かない。

ひたすら虚ろな目を前に向けて、座っている。

やがて、いつもより少し遅れてやってきたヘレナが、ご機嫌な様子でそんな彼女の肩を叩いた。

「おっはよー、カリーナ！　ちょっと昨日さ〜、市場ですっごい掘り出し物見つけちゃって」

「……はあ」

ヘレナは持ってきた小袋から、手のひら大の真っ黒な宝珠らしきものを取り出すと、見せびらかすようにして掲げる。

「ジャーン！　【常闇の宝珠】だって！　店の人によると、夜の力が封じ込められてるとかなんとか。魔道具のわりには格安だったんで買っちゃった」

「……はあ」

「ほら、ここを擦ると黒い煙っぽいのが出てくるんだよ。なんか闇っぽくない？」

「ヘレナ、それ騙されてる」

「えっ」

エミリアの忠告に、ヘレナはそれがどういう意味なのかを訊ねようとして——

「……はあ」

そこでようやく、カリーナの様子が変であることに気がついた。

怪しげな煙を立ち上らせている宝珠を片手に持ったまま、空いた方の手を彼女の目の前で振ってみる。

「おーい」

「……はあ」

カリーナの瞳が自分の手を追っていないことを確認すると、ヘレナは宝珠を袋にしまいながら、怪訝そうな顔でエミリアに目を向けた。

「カリーナ、どうしちゃったの？」

「知らない」

「ん〜……まさかっ⁉」

寸秒ほど思案した後、ハッと何かを察したような表情を浮かべたヘレナは、カリーナの両肩に手を置いて切迫した声を上げた。

「カリーナ！　しっかりして！」

「え？　え？　何ですの？」

肩を激しく揺さぶられて、ようやく我に返ったカリーナが、どうしてか深刻そうな雰囲気を漂わせている友人を不思議そうに眺める。

ヘレナはそんな彼女に、沈痛な面持ちで話を続けた。

「初めてをこんなことで散らしちゃったのがショックなのは分かるよ。でも、絶対に泣き寝入りしちゃ駄目。私も一緒に行くから、しっかりと魔法使いギルドに事の顛末《てんまつ》を報告して、そのド腐れ師匠に抗議を――」

「何の話ですの？」

戸惑う彼女に、ヘレナは大きい声で話すには憚《はばか》れるようなことを、小声で耳打ちをする。

その内容を理解すると、カリーナは耳の端まで茹《ゆ》で上がったように赤面した。

「――っ！　だから師匠は、そんなことをする人ではありませんわ！」

「なら一体、どうしたのさ？」

「そ、それは――……」

ヘレナに聞かれ、カリーナは思わず言い淀んだ。

「師匠の正体がアデル・ラングフォードだったことに動揺していた」と馬鹿正直に喋りそうになったところを、口をつぐんで堪える。

実はそのアデルから、騒ぎになるのを避けたいから本名は黙っておいてくれと頼まれていたのだ。

師匠の名誉を守りたい思いはあるが、それ以上に約束を破ることはできない。

「い、言えませんわ……」

そう言って悔しそうに目を逸らしたカリーナに、ヘレナとエミリアは顔を見合わせた後、今度は本気で心配しだした。

「ほ、本当に何もなかったんだよね？」

「怪しい」

どうしてかしつこくなった二人の追及にカリーナが戸惑っていると、丁度そこで教師らしき魔法使いが、数人ほど教室に入ってきた。

彼らが一抱えほどもある水晶玉を運んでいるのを見て、ヘレナが今思い出したように声を上げる。

「あ、そういえば昨日が期限だっけ？」

彼女が言う期限とは、学院の生徒が弟子入り先を選ぶことができる最後の日のことである。

そして今日は、自分が入門した流派を学院に報告するのと同時に、各々の基礎能力を測定することになっていた。

教師の呼びかけに、生徒が席を立って中央に置かれた水晶玉……基礎能力を測定する魔道具に集まり始める。

カリーナは、さらに追及してくる二人から逃げるようにして、水晶玉の前に並び始めた生徒に交ざったのだった。


測定した基礎能力が書かれた札を手に、ヘレナが自分の席に戻ってくると、彼女はどこか浮かない顔でエミリアに結果を聞いた。

「どうだった?」

「魔力値203、肉体強度119、感応値189」

エミリアが自分の札を見せながらそう言うと、ヘレナが軽く口笛を吹いて称賛する。

「流石はエミリア。基礎能力だけなら、もう一級魔法使い以上じゃない?」

「それは大袈裟《おおげさ》。ヘレナはどうだった?」

「上から104、70、91。前回からあんまり伸びなかったな~」

ちょっと悔しそうにそう言うと、次に自分の札を凝視して固まっているカリーナに顔を向ける。

ヘレナは少し迷う素振りをした後、彼女にも声を掛けた。

「カリーナは、どうだったの？」

「いえ、それが……」

カリーナが自分の札を二人に見せると、中に書かれていた数字にヘレナが驚きの声を上げた。

「46、23、31……って、いくら何でも短期間で伸びすぎじゃない？」

「ええ。わたくしも、そう思いますわ」

ひと月ほど前に測定した時は、カリーナはたしかに七級クラスの基礎能力しかなかった。

なのに今は、六級の中堅クラスぐらいの数字はある。

これは測定した教師が、魔道具の誤作動を疑うほどにありえない成長だった。

実際、何度も測り直しをしたほどである。

「へ～、こういうこともあるんだねぇ」

「でも、よかった」

エミリアの言葉に、ヘレナも頷く。

「そうだよね。おめでとう、カリーナ」

「二人とも、ありがとう」

まるで自分のことのように喜んでくれる二人に、カリーナは頬を弛ませる。

とそこで、教室の中央から生徒のざわめきが広がった。

水晶玉の置かれている場所から、金髪を縦巻きにした少女……レベッカが、取り巻きを引き連れて出てくる。彼女は自分の席に戻る際に、一度カリーナの席の前で立ち止まった。

「あらカリーナさん、ごきげんよう」

「……ごきげんよう。これは、何の騒ぎかしら？」

「ああ、あれは私の基礎能力値を見た生徒が、勝手に騒いでいるだけよ」

そう言って、レベッカが自分の札を見せる。

そこに書かれてあった数字に、カリーナは驚いた声を上げた。

「１４６、97、１３７……」

「別に、大した数字ではないでしょう？」

レベッカはそう言うが、同学年の中では二番目に高い数字である。

たしかにエミリアとは差があるが、それはエミリアが異常なだけだ。

レベッカの能力値も、本来なら十分に天才と呼べる領域のものである。

だがカリーナやレベッカを知る生徒が驚いたのは、その数字の高さではなかった。

レベッカはたしか、前の測定では魔力値１２３、肉体強度85、感応値１１８といった数字だったはずなのだ。

それが今日の測定では、大幅に数字を伸ばしている。

カリーナの成長もおかしかったが、レベッカの成長はそれをさらに上回っていたのだ。

「ところでカリーナさんは、夏の魔法大会には出場するのかしら？」

「ええ、そのつもりですわ」

「まぁ、辞退なさらないなんて勇気があるのね」

「……」

明らかな嫌みに、カリーナが押し黙る。

隣のヘレナが何かを言おうとしたが、それはエミリアが彼女の口を塞いで押し止めた。

ヘレナは平民なので、ここで下手なことを言って貴族のレベッカと揉めると、ヘレナの身が危ないからだ。

「カリーナさんとは、是非とも最初に戦いたいわね。だって魔力を温存できるもの」

「……それはどうも」

「それでは、私はこれで」

言いたいことを言って、満足そうにレベッカが立ち去る。

そんな彼女の背中に刺々《とげとげ》しい目を向けていたヘレナは、エミリアの手から解放されるとしゅんと肩を落とした。

「うう、庇ってあげられなくてごめん……」

「ヘレナ、気になさらないで。仕方がありませんわ」

落ち込むヘレナを慰めていると、エミリアがカリーナの肩をつついて、教室の入り口を指差した。

「カリーナ、あれ」

「え？　――あっ」

そこに立っていた人物に、カリーナは慌てて席から立ち上がると、駆け寄って行った。

まだ生徒達の測定は終わっておらず、今日の授業は始まっていないので、彼女の行動を咎める者はいない。

カリーナは、あれからたった数日しか経っていないのに、随分と長い間会っていなかった気がする家族……自分の兄にあたる、カラム・ラッセルの前に立った。

険しい顔をしている兄の迫力に、思わず目を逸らして俯いてしまう。

「カラムお兄様……」

「カリーナ。一体、今までどこに？」

「入門した流派の家に、お世話になっておりました」

「弟子入り先が見つかったのか」

声がちょっと弾んだような気がして顔を上げてみると、カラムはどこか嬉しそうな表情を浮かべていた。

今まで兄が見せたことのなかった表情に、カリーナは目を丸くする。

そんな彼女の様子に気が付いたカラムは、何かを誤魔化すように咳《せき》払いをした後、表情を引き締めた。

「すまない、カリーナ。俺では父上の決定を、覆すことはできなかった。今のあの屋敷に、お前の帰る場所はない」

「……お兄様が謝ることではありませんわ」

カリーナがそう言うと、カラムは彼女の肩に手を置き、膝を折って視線の高さを合わせた。

「いいか、よく聞くんだカリーナ。父上は、お前が何か大きな功績……例えば学院の魔法大会で入賞するなどすれば、ラッセル家に呼び戻してもいいと言っていた」

「そうですの……」

奇しくもそれは、昨日アデルが言っていたことと同じだった。

魔法大会で良い成績を残せば、実家に帰ることができる。

そんな話が、現実味を帯びてくる。

「だが正直、お前の力では厳しいと俺は思っている。それどころか、もし七級のまま成長できなければ、将来的に魔法使いとして生きていくことも苦しくなってしまうだろう」

カラムの言う通り、以前のカリーナがあれ以上成長できないようであれば、魔法使いとして働いていくことは無理だっただろう。魔法に関する仕事をさせようにも、魔力値や感応値が低すぎて使い物にならなかったはずだ。

それほどに、彼女の能力は低かった。

「お前がもし魔法学院をやめたいと言うなら、俺も一緒にお前の住む場所や働き口を探そう。贅沢な暮らしはできないが、きっと今よりは穏やかに過ごせるはずだ。……お前には、その方が幸せかもしれない」

「……」

「お前は、これからどうする？」

カラムにそう問われ、カリーナは瞼を閉じてしばし考え込んだ。

兄の言葉に甘えて、新しい道を探すのも悪くないかもしれない。

ただしその場合は、魔法使いの道を諦めることになるだろう。

自分の弟子入りを認めてくれたアデルや、短い時間だが自分に魔法を教えてくれたウリエルの顔が、脳裏に浮かぶ。

提示された選択に、迷うことはなかった。

「ありがとうございます、お兄様。でも、ここに残りますわ」

思えば、自分の師匠のことを……ラングフォード流に弟子入りしたことを伝えれば、今すぐにでも戻ることができるかもしれない。

アデルの名前には、それだけの力がある。

だが、それは嫌だとカリーナは思った。

自分の力で、認めさせたかった。

人によっては、子供の意地だと笑うかもしれない。

でもこのままで終わるのは、あまりにも悔しい。

そう、カリーナは思ったのだ。

「わたくしは必ず、お父様を見返してみせます」

「……そうか」

カラムはカリーナの答えに、重々しく頷いたのだった。

The 12th story

第十二話 ―― 大会

Raising Project: a pupil of the strongest Brave

学院から帰ってきたカリーナは、やけにやる気に満ち溢れていた。

いや、今までも十分にやる気はあったが、今日は一段と覇気が強いというべきか。

なにせ屋敷に帰ってくるなり、彼女は地面に額が着いてしまいそうな勢いで頭を下げ、俺にこう言ったのだ。

「どんなに苦しい修行でも耐えてみせます。どうかわたくしを、次の魔法大会で勝てるようにして下さい！」

「あら～、凄いやる気ね～」

カリーナの気迫に、ウリエルも頬に手を当てながらちょっと驚いている。

……そういえば、彼女は昨日から王都に帰っていないのだが、ギルドの仕事とかは大丈夫なのだろうか？

朝も起きるのが遅く、昼近くまで爆睡していたし……

まあ俺が心配することでもないし、あまり考えないようにしよう。

さて、カリーナから苦しい修行とやらを所望されたわけだが……ぶっちゃけ、魔法を教えられない俺に、そんなことを言われても困る。

多分、一番効率的なのは、毎回ご飯を限界まで食うことだ。

いっぱい食べたら、それだけステータスが早く上がるからね。

でも、それでは納得しない気がする。

例えば、俺がまだ日本にいた時に「ご飯をお腹いっぱい食べてるだけで東大に受かるよ」と言われても信じなかっただろう。

そこに科学的根拠があったとして、懇切丁寧に説明されても絶対に信じなかったと思う。

適当にそれっぽいだけの修行をでっち上げると、ウリエルに看破されそうだし……

俺が黙って悩んでいると、その沈黙をどう受け止めたのか、カリーナが不安そうな顔をしていた。

なので、ついその場しのぎの言葉を口にしてしまう。

「どんなにつらい修行でもか？」

「はい！」

物凄く良い顔をして頷かれた。

どうしよう、大食いにでも挑戦させてみるか？

いや、それで無理をして吐かれたら元も子もないし……

他に思いつくのは、カリーナが扱える属性で、俺が教えられそうな応用があるぐらいだ。

でもそれには、元になる魔法を覚えていないと話にならない。

俺はウリエルに、カリーナが大会までにその魔法を覚えられそうかどうか聞いてみた。

「ん～……その魔法だと、あと半年は時間が欲しいわね」

「半年か……」

夏の大会までは、残り二ヶ月とちょっとしかない。

その約三倍も時間が必要となると、やはり無理だろうか……

とそこまで考えたところで、俺は超有名な漫画にあった、一日で一年の修行ができる異次元空間のことを思い出した。

流石にあれを再現することはできないが、要するに一日の修行時間を長くすればいいのではないだろうか？

【エレメンタル・スフィア】には時間に干渉できるような魔法はないので、なるべく修行以外の時間を削るようなことしかできないが、これは名案だと思った。

「よし、じゃあ今から大会前日までは寝ないで頑張ってみよう。それなら学院に行っている時以外は、ずっと魔法の練習ができるからな」

「はい！　…………えっ？」

いい返事をしてから、カリーナの表情が固まった。

それはそうだろう。

単に二ヶ月間ずっと寝るなというだけなら、体を壊して欠場するのがオチだ。

だがこの世界には、俺が元いた世界では不可能だったことを可能にする魔法があった。

「ああ、体のことは心配するな。この間、お前に【パーフェクト・ヒール】をかけたら目の下にあったクマが消えたし、それで寝不足や疲労も回復できると思う」

「そんな魔法があるんですか？」

「え？」

カリーナの反応に疑問符を浮かべると、何かを察したウリエルが苦笑した。

「【パーフェクト・ヒール】なんて、人間で使えるのはアデルと、あともう一人ぐらいよ。普通の魔法使いは、存在すら知らない人も多いわ」

そうだったのか……。

カリーナと初めて会った時に彼女が衰弱していたのは、てっきり嫌がらせで回復魔法をかけてもらっていなかったからだ思っていた。

これは後になって知ったことだが、回復魔法のある光属性は扱える人間自体が稀少らしい。

でも天使だと、逆に光属性の魔法を使えない者の方が珍しいのだとか。

その回復魔法を使って休まず特訓するという案に、ウリエルものってきた。

「カリーナさんは座学の成績がとても優れているから、大会までは午前中にある授業も休んで大丈夫じゃないかしら？　これで、一日のほとんど全てを魔法の修練に当てられるわ。ただちょっと心配なのは……」

彼女はそこで一旦言葉を止めると、顎に指を当てて小首を傾げた。

「人間にそんなことをして、本当に大丈夫なのかしらね？」

……たしかに、よく考えたら色々と問題がありそうな気がする。

あくまで気がするだけで、あまり学があるとは言えない俺には、具体的にどうなるのかは分からない。

いくら疲労がないといっても、生物が持つ根源的な欲求の一つを完全に封じてしまうのは、精神に何か悪い影響があったりしないだろうか？

俺がそう迷っていると、カリーナが再度頭を下げて、後押しをしてきた。

「それでお願いしますわ」

「う～ん」

まあ危なそうなら途中で止めたらいいか。

そう考えて、俺は自分の思いついた方法をカリーナにやらせることにする。

……とそこで、俺は昨日うっかり忘れていたことを思い出した。

「あ、そうそう、本当は昨日に渡そうと思ってたんだけど――」

「え？」

俺はアイテムボックスから、【反魔鏡のローブ】という、黒い生地に金糸で魔法陣みたいなのが縫われてある防具を取り出した。

ちょっとだけだが各ステータスを上昇させる力があり、さらには下級魔法なら自動で反射してくれる機能が付いいたものだ。

俺がリサーチした店で展示してあったものよりも、グレードが一つ上くらいの装備である。

「お前用の、装備だ」

「――っ」

それを無造作に手渡すと、何故かカリーナはそのまま気を失って後ろに倒れてしまった。

いきなり寝てしまうとは、先が思いやられるな……。


こうして、二ヶ月後の魔法大会まで、彼女の集中特訓が始まったのである。


ちなみにカリーナに渡した装備は、ウリエルから「ちょっと、学生の大会でそれは反則よね～」とのお言葉を頂き、ひとまず一般的なレベルのローブと交換することになった。

王都の店にあったものより、少しだけ良い装備を選んだつもりだったのだが……何かが間違っていたらしい。


ランドリア王国の王都では、年に一度、数日間にわたって大きなお祭りが開かれる。

このお祭りの間に、トウェーデ魔法学院の生徒が互いの魔法を駆使して戦う魔法大会や、制作した魔道具を披露して評価点を競い合う品評会なども開かれ、それらを見物しようと大陸中からやってきた人々によって賑《にぎ》わうのだ。

人が集まるのを狙ってやってきた商人や旅芸人も競い合うように出店し、観光客だけでなく王都に住んでいる民衆も、この数日間は昼夜を忘れたように騒ぎ続ける。

そんなお祭りが始まった、最初の日の朝。

観光客による長蛇の列に並んで王都に入ったカリーナは、見慣れたはずの街並みを見回して感慨深げに目を細めた。

「ああ、王都が懐かしく思えますわ……」

「そうか」

たった二ヶ月ぶりなのだが、今のカリーナの様子は、まるで都会に疲れて十年ぶりに故郷に帰ってきた中年のようであった。

やはり長期間全く眠らずにいるのは、けっこう精神的にきつかったらしい。

特に最後らへんは、性格が変わってちょっとおかしくなっていたし。

最終日に一日使って泥のように眠ったら元に戻ったが、もう二度とやらせないでおこうと思う。

俺達が魔法大会が行われる試合会場に向かっていると、途中でカリーナの知り合いらしい学院の生徒と出会った。

黒髪をポニーテールにした活発そうな少女と、銀髪を顎の下あたりで切り揃えた感情の起伏が薄そうな少女だ。

二人はカリーナの姿を見るなり、どこか焦った様子でこちらへと駆け寄ってきた。

「カリーナ、今までどこで何をしていたの⁉　急に学校に来なくなったから、心配したよ」

「心配した」

捲《まく》し立てるポニーテールの少女に追従して、銀髪の少女も頷く。

体をペタペタと触って、どこか異常がないか確かめていく二人に、カリーナは苦笑しながら軽く頭を下げた。

「お二人とも、ご心配をお掛けしましたわ」

「それで、そっちの人は？」

どうしてか、ポニーテールの少女から睨《にら》みつけるような視線を向けられた。

さりげなくカリーナとの間に体を入れて、俺から彼女を守れるような位置取りをしている。

その姿は番犬のようで、今にもグルルッと唸ってきそうな感じだ。

俺はそんなにも不審者に見えるのだろうか？

「わたくしの師匠ですわ。師匠、こちらはわたくしの友人の、ヘレナとエミリアですわ」

「アキラだ、よろしく」

紹介され、俺はできるだけ爽やかに見えそうな笑顔を作ってみる。

「よろしく……」

笑顔のおかげか警戒心は和らいだ気がするが、今度は俺の服装を見つめて怪訝そうな表情を浮かべていた。

エミリアも、俺の顔をジーっと見つめてくるが、こっちは無表情で感情が読み取れない。

だが、ほんの僅かだけ目を見開いているような気がする。

二人の反応に疑問符を浮かべていると、いきなり背後から少女の高笑いが響いてきた。

振り返ると、いかにもお嬢様っぽい少女が、こちらへ向かって歩いてくる。

金髪の縦ロールとか、こっちの世界に来てから初めて見た。

「お久しぶりね、カリーナさん。てっきり、もう王都にはいないものかと思っていたわ」

「レベッカ……」

目に見えてカリーナの顔が強張った。

どうやらこのレベッカという少女とは、あまり仲が良くないらしい。

「それにしても、貴女のような生徒を弟子にする物好きはどんな方なのか、以前から気になっていたのだけれど……」

彼女はそう言いながらこっちに目を向けると、俺の服装を見てあからさまに鼻で笑った。

「なんて見窄らしいのかしら。貴女には、お似合いの師匠ね」

「──っ！」

途端、柳眉を吊り上げたカリーナが何かを言う前に、俺は彼女の肩に手を置いて宥めた。

「ああ、俺にはお似合いの弟子だよ」

「師匠……」

──お前は「アデル・ラングフォード」に相応しい弟子だ。

そんな言葉の裏にあるものを察してか、カリーナが感動したような目を向けてくる。

そんな彼女の様子に、レベッカは面白くなさそうに眉を顰めた。

「……それではカリーナさん、ごきげんよう。大会では、よろしくお願いしますね」

ちょっと引っ掛かる言葉を残し、踵《きびす》を返して立ち去っていく。

カリーナが勝ち上がるとは欠片も思ってなさそうなレベッカが、彼女に「よろしく」と言った。

その意味は、試合会場の前に張り出された初戦の組み合わせを見てすぐに分かった。

「そんな、初戦からレベッカだなんて……」

古代ローマのコロッセオにも似た造りの建物の前で、ヘレナがカリーナの隣に並んでいた名前を見て呆然と呟いた。

聞くところによると、あのレベッカという少女は、エミリアに次いで優勝候補だと囁かれてるほどの生徒らしい。

「まあ優勝を狙うならいつ当たっても同じだろ」

「そうですわね」

初戦から強敵と当たってしまったのに、どこか余裕のあるカリーナの態度に、ヘレナが不思議そうにしていた。

まあ二ヶ月前の彼女しか知らないなら、しょうがない反応だろう。

逆に、全然悲観してなさそうなエミリアの様子の方が気になる。

俺やヘレナは、大会参加者が集う控え室までは同伴できないので、カリーナ達とは一旦ここで別れることになった。

「見ていて下さい、師匠。師匠が侮辱された分は、キッチリとお返ししてきますわ！」

「おう、その意気だ。頑張ってこい」

パシンと拳と手のひらを打ち合わせて意気込むカリーナ。

ちなみに彼女には、俺が日本で培った格闘技の極意を教えてある。

……通信空手一級だけどね。

接近戦になってしまえば、魔法より殴った方が早いのだ。

あくまで通信教育の知識だけど、ないよりはマシだろう……多分。

性格が豹変《ひょうへん》していた時に教えたせいか、砂に水がしみ込むように格闘技の動きを習得していったし、今の彼女は魔力抜きでも日本にいた頃の俺よりも強いと思う。

いや、日本の俺が貧弱すぎるんだけども。

「二人とも頑張ってね！」

「ええ、期待していて下さいな」

「行ってくる」

ヘレナの応援に、二人が手を振りながら会場に入っていく。

ちなみに、ヘレナは四級の成績でありながら戦闘系の流派には入っておらず、大会には参加しないそうだ。

「ヘレナも、試合を観戦していくのか？」

「はい、友達の晴れ舞台ですから、もちろんですよ。私が参加する魔道具の品評会は明日からですので、時間も余ってますし」

「そうか。だったら――」

特別席を用意してもらってるから、そこで観戦しないか？

と言いかけたところで、いきなり背後から何者かに抱きつかれた。

背中に、ふにょんっと二つの幸せな感触がする。

「おはよう、アデル！　私、寂しかったわ～」

「……昨日まで屋敷で会ってただろう」

すりすりと頬ずりをしてくるウリエルに、ヘレナは顎が外れてしまいそうなぐらいに口を開けて驚いていた。

「ウ、ウリエル様!?　それに、アデルってまさか――」

「あっ」

せっかく偽名で自己紹介したのに……

ウリエルに抗議の目を向けると、彼女は悪びれた様子もなく、ちろっと舌を出していた。

きっと、わざとだ。

だが、意図が分からない。

俺はこの時、ウリエルの視線がヘレナの腰にある小袋に向けられていることが、妙に気に掛かったのだった。

第十三話 —— 初戦

The 13th story

Raising Project: a pupil of the strongest Brave

「決勝で私が勝ったら、お願いがある」

アデル達と別れて、試合の行われる建物へと入った途端、エミリアが急にそんなことを言い出した。

たしかに彼女とカリーナは、トーナメントの組み合わせ表を見る限り、戦うことがあるとすれば決勝戦になるだろう。

しかし——

「わたくしが勝ち上がるとは、限りませんわよ？」

「……」

そう言っても取り合わず、エミリアはジッとカリーナを見据えた。

訝しく思って彼女の碧眼の瞳を覗き込んでみるも、何を考えているのかは読み取れない。

「お願いとは何ですの？」

「決勝が終わったら言う」

ここで頷いていいものか、カリーナは迷った。

エミリアの態度はどこまでも真剣で、例えば一緒に食べた昼食の支払いを奢《おご》るといった、友人同士の軽いお願いごとで済まされるような雰囲気ではなかったからだ。

だが結局は、友人であるエミリアを信じることにした。

彼女なら、そんなに無茶なお願いはしてこないだろうと思い、受け入れることにする。

ただ、念のため釘は刺しておいた。

「いいですわ。でも、何をお願いされても、わたくしが叶《かな》えられる範囲のことしかできませんわよ？」

「それでいい」

エミリアは、無表情の中に僅かにだが満足そうな気配をのせて、頷いた。

そんな彼女に、カリーナは呆れたように溜息をついた。

「でも今から決勝の話をしていても仕方ありませんわ。まずは目の前の試合に集中しませんと、いくらエミリアでも足をすくわれますわよ」

「うん。集中して適度に力を抜かないと、大変なことになる。気を付けて」

「……なんですのそれ？」

二人で話しながら、出場する選手が集まる控え室の前にまで来ると、その中に入る前に大会の運営スタッフらしき男性からカリーナの名を呼ばれた。

どうやら今日予定されている最初の試合に、カリーナが出ることになるらしい。

「では、お先に」

「ほどほどに頑張って」

男の案内に従って試合場へと向かうカリーナの背中に、エミリアがそう声を掛けた。

何を根拠にしているのか知らないが、どうやら彼女はカリーナが負けるとは思っていないようだ。

その奇妙な信頼がむず痒く、試合場への通路を歩みながら思わず苦笑してしまう。

こんなことは、初めての経験だった。

今日の試合でカリーナが勝つかもしれないと思っているのは、エミリア以外にはアデルとウリエルぐらいだろう。

ヘレナでさえ、勝利は難しいと思っているはずだ。

だがアデルに弟子入りするまでは、誰一人としてカリーナに期待していなかった。

そう思うと、今は自分に期待してくれている人が三人もいることが、とても嬉しかった。

せっかくの期待を裏切りたくないという思いが、心を奮い立たせてくれる。

一歩、一歩と試合場に近づくにつれ、気分が高揚していった。

遠くにあった喧噪《けんそう》が、だんだんと大きくなっていく。

薄暗い通路の先にある明るい入場口が、歩を進めるたびに近付いてくる。

やがてカリーナが通路を抜けて、開けた場所に出た瞬間、喧噪が一際大きくなった。

詰めかけた観客の声によって揺れる空気が、ビリビリとカリーナの肌に伝わってくる。

空気は重く、だが体はふわふわとして、やけに軽かった。

音で地面が揺れているのか、自分の足が興奮で震えているのか、分からない。

だがそこかしこから向けられる、カリーナが慣れ親しんできた視線は、はっきりと感じ取れた。

失笑、侮蔑、怒り、憐れみ。

好意的なものは、ほとんどない。

おそらく今日の観客達は、事前に公表される参加選手の情報によって、知っているのだ。

カリーナが、本来ならこの場に相応しくない七級の魔法使いだと。

何かの間違いで入り込んできた、異分子だと。

『身の程知らずが、分を弁《わきま》えろ』

直接声は聞こえずとも、そう言われているような気がした。

だが、それに負けて顔を俯けたりはしない。

立ち止まったりはしない。

してやるものか。

そう自分の心を鼓舞して、カリーナは自分に向けられるものとは真逆の感情がこもった視線を一身に受ける少女を見据えた。

レベッカ・ミルフォード。

容姿、家柄、魔法の才能と、全てを兼ね備えた少女。

今回の大会で、優勝候補の一人として名を連ねる、若き才媛。

彼女は、スタッフに促されて少し離れた場所に立ったカリーナに、貶《さげす》みの感情を隠さない視線を

ぶつけた。

「よく辞退せずに、のこのこと顔を出せたものね？　……まあ、私はその方が嬉しいのだけれど」

「そう」

「手加減はしませんわ。だって私、貴女のことが大嫌いですもの」

「知っていますわ」

レベッカがわざとカリーナに絡んでいることぐらい、誰の目にも明らかだった。

だが別に、レベッカは最初から悪意のある態度を取っていたわけではない。

むしろ出会った当初は、カリーナに対して好意的ですらあった。

だが彼女は、カリーナの成績が判明するなり、それまでの態度を豹変させたのである。

原因は、レベッカの貴族としての価値観にあった。

「強きことは貴族の義務。ただ民の上に胡座《あぐら》をかくだけで守る力を持てない無能が、卑しくも貴族の身分にしがみつく様が、どれだけ煩わしかったか。貴女は家を追い出される前に、自分から出て行くべきだったのよ」

「……」

カリーナにも言い分はある。

だが、ある意味で身分に苛烈な思いを抱く彼女と話しても、どこまでも平行線をたどるだけだろう。

「せっかくの機会ですし、もうこのような場に顔を出す気が起きなくなるよう、じっくりと痛めつけて差し上げましょう」

レベッカが、そう言って唇に小さく舌を這《は》わせる。

たとえ試合中に大怪我をしても、試合が終わればこの日のために天界からやってきている天使によって癒やされてしまう。

だから彼女は、じわじわとカリーナをなぶることで、痛みを体に覚え込ませる心づもりのようだった。

そうして心を折り、二度とカリーナを立ち上がらせないために。

嗜虐的な笑みを浮かべる彼女に、カリーナは少しだけ怯《ひる》みそうになってしまう。

僅かに生じた、恐れの感情は……しかし次に聞こえてきた、どこか間の抜けた声によってすぐに霧散してしまった。

『は～い、皆さんこんにちは！　今回の大会では特別に審判を務めさせて頂くことになった、ウリエルで～す』

思わぬ人物の声に、観客席からどよめきが広がった。

思わず目を向けると、審判用の特別席には声を拡張する魔道具を手に持ったウリエルの姿。

そして、どうしてかアデルとヘレナの姿もあった。

三人の姿を見て、強張っていた肩からするすると力が抜けていく。

『さてさて～、二人とも準備はいいですか～？　余所見《よそみ》してちゃ駄目ですよ～？』

ウリエルの言葉に、カリーナは慌ててレベッカへと目を戻す。

両者が睨み合う中、やがてウリエルが試合開始の声を上げた。

『それでは、始めちゃってくださ〜い』

瞬間、カリーナは意識を集中して魔法を発動させるための精霊を集める。

六色の光玉が集まる中、彼女に使えるのは赤と緑のみだ。

カリーナは赤色の光玉を集めると、手加減抜きで魔法を放とうと組み上げ――

「カリーナ、駄目っ！」

試合場の入り口からエミリアの鋭い声が飛んできて、思わず途中まで構築していた精霊を使わずに消してしまった。

（――っ、しまった！）

完全に後れを取ってしまい、カリーナは焦ってレベッカを窺う。

だがレベッカが、未だ精霊を集められてすらいないのを見て、思わず拍子抜けしてしまった。

周囲から精霊を集める速度や量は、感応値の高さに依存する。

二ヶ月前にはあったカリーナとレベッカの差は、今や完全に逆転してしまっていたのだ。

同じ魔法使いとして精霊の光が見えるレベッカは、その事実に信じられないといった表情を浮かべる。

だがすぐに目つきを鋭くすると、精霊を繋ぎ合わせて魔法を発動しようとした。

カリーナから見ると、その精霊を繋ぎ合わせる作業すら、欠伸《あくび》が出そうなほど遅く感じてしまう。

精霊を集めた後の構築に、感応値は関係ない。

そこからは、ステータスの数字には出てこないセンスと練度が物を言うのだ。

カリーナはレベッカが手間取っているうちに、再度精霊を集めて赤い光玉を繋ぎ合わせていた。

今度は全力ではなく、彼女なりにかなり手加減したつもりの魔法を、相手と同時に発動させる。

レベッカの一番得意な属性は、火だ。

奇しくも同じ属性の魔法を放つことになり、二つの魔法は試合場の中央で衝突した。

観客の声を掻き消すほどの激しい炸裂音と共に熱風を吹き散らした後、両者の魔法が相殺されて掻き消える。

それは、二人の魔法がほぼ同じ威力であったことを示しており――

「嘘《うそ》よ⁉︎」

レベッカはその事実を受け入れられず、顔色を蒼白に染めた。

――自分が全力で放った魔法と、落ちこぼれの魔法が互角なわけがない。

今のは何かの間違いだったのだと、それを証明すべくレベッカが次々と魔法を発動させる。

しかしそのことごとくを、カリーナは見てからの後出しで全て相殺してみせた。

あえて魔法をぶつけ合わせることで、どの程度の手加減をすればいいのかを探っていく。

最初に全力で魔法を放たなくてよかったと、カリーナは心の底から胸をなで下ろした。

もしエミリアの声に止められなければ、下手をするとレベッカを殺してしまっていたかもしれない。

この戦いで重症を負っても、待機している天使が光の魔法で治してくれる。

でも流石に、一撃で即死させてしまったらどうしようもないのだ。

カリーナは相手を殺さないよう、慎重に威力を調整していく。

でもその心遣いは、レベッカをジワジワとなぶることに繋がってしまっていた。

「嘘よっ！　嘘よっ！　嘘よっ！　嘘よっ！　カリーナのくせにぃ！」

徐々に圧されはじめていることを感じたレベッカが、歯噛みする。

既に、彼我の力量の差はレベッカも理解していた。

そして、理解してしまった自分を拒絶していた。

決して降参することはせず、半ば意地になって魔法を放ち続ける。

しかしそれも、カリーナがようやく手加減のほどを掴んだことで、終わりを告げることとなった。

彼女はレベッカの魔法を掻き消して、かつ一撃で気絶させるぐらいに威力調整された魔法を、発動させる。

「……ごめんなさい」

なぶるような真似をしてしまったことに対する、謝罪。

魔法が発動する直前に呟かれたその言葉を耳にして、レベッカが大きく目を見開いた。

カリーナの目に浮かんでいる感情に、口にした言葉に、声にならない悲鳴を上げ――

次の瞬間に飛んできた魔法によって、意識を暗転させた。

レベッカが体を吹き飛ばされて地面に転がり、それきり動かなくなる。

あまりの展開に、会場にいる観客達が静まり返っていた。

誰もが、レベッカが一方的にカリーナを倒してしまう展開を予想していたのだ。

誰もが、カリーナが勝つとは思っていなかったのだ。

一体、どれだけの時間を粘れるだろうか？

よくても、そんな予想をする者がいるだけ。

事前に両者のランクを知っていた大半の者が、一瞬で勝負が終わるものとばかり思っていた。

それが蓋を開けてみれば、全くの逆の展開。

強者であるはずのレベッカを、カリーナは圧倒し、一蹴してみせた。

それも、まだ学生だとは到底信じられないほどの力を見せつけて。


『は～い、カリーナさんの勝利です～』


すっかり静かになってしまった会場で、ウリエルが陽気な声でカリーナの勝利を告げ――

次の瞬間、爆発するような歓声が上がった。

試合前とは打って変わって、飛び交う称賛の声、喝采、尊敬の眼差し。

好意的な感情の嵐。

吹き荒れるそれを、カリーナは全身に浴びて、呆然と立ち尽くした。

自分が、歓声の中心にいるのだという実感が湧かない。

どうしてか、思っていたような喜びが生まれることはなかった。

だがふと視界に、カリーナの勝利を喜んでいるアデルやヘレナ、ウリエルの姿を捉えた時。

自分の師匠の口が、「よくやった」と動いたような気がして……

言葉では言い表せない感情が胸の中から湧き上がり、溢れたそれが目尻からこぼれ落ちたのだった。

The 14th story

第十四話――お祝い

Raising Project: a pupil of the strongest Brave

数日間にわたる長いお祭りの、最終日前夜。

俺の屋敷にある食堂にて、豪勢な夕食を前に五つのコップが掲げられた。

ウリエルと俺が見守る中、ヘレナが嬉しそうに二人の友人を祝福する。

「エミリアも、カリーナも、おめでとう！」

「ありがとうございますわ」

「ありがとう」

はにかんだような笑顔を浮かべるカリーナに、相変わらずの無表情のように見えてちょっとだけ口端が弛んでいるエミリア。

二人は順調に勝ち上がり、残すところはお祭りの最終日にある決勝戦のみとなっていた。

「二人とも凄いねぇ。決勝に残ったってことは入賞はもう決まってるし、トウェーデ魔法学院の代表になるんだよね。なんだか遠い人になっちゃったみたい」

ヘレナが杯を傾けながら、しみじみとそう言う。

彼女の言う通り、決勝に残った時点で二位以上が確定しているので、カリーナとエミリアは三枠ある二年生代表への選出が決まっていた。

これで二人は、明日行われる三位決定戦の勝者と一緒に、全部で四校の代表が集う学院対抗戦に出場することになる。

試合は四つの大陸の中央にある孤島で行われるらしく、かなり大規模な大会になるとのことだ。

「ヘレナだって、品評会で特別賞を頂いたのではなくて？　わたくしからすれば、その方が凄いことのように思えるのだけれど……」

カリーナは、謙遜ではなく本心からそう言ったようだった。

エミリアやカリーナが参加した大会の試合は、あくまで学年別になっている。

二人ならたとえ上級生に交ざったとしても同じように勝ち上がったと思うが……大会が学年で分かれてしまっている以上、成果としては同じ二年生に勝っただけの話だ。

だがヘレナが参加していた魔道具の品評会は、全ての学年の生徒が一緒に競い合うことになっていた。

単純な競争率で考えれば、大会で勝ち上がるよりもずっと難しいだろう。

だがヘレナはその品評会で、上級生をおさえて見事に入賞してみせたのである。

「ん～、本当は普通に大賞を狙ってたんだけどねぇ」

「それはしょうがない。ヘレナの魔道具は凄かったけど、実用性には欠けていた」

エミリアの言葉に、俺は件の品評会で見たヘレナの作品を思い出す。

彼女が造った魔道具は、使用者の周囲を闇で覆って星空を映し出すというものだった。

日本にもあった、プラネタリウムの投影機によく似ている。ヘレナの作品は、あれに負けず劣らずのリアルな星空を再現していた。

品評会の傾向として、日常生活の利便性が高そうな作品の方が評価されやすいため、惜しくも大賞は逃してしまったのだが、魔道具の見学に来た客の人気はダントツだったように思う。

「私も、素晴らしい才能だと思うわ～」

「ウリエル様……」

ウリエルの称賛に、ヘレナがちょっと恐縮しながらも照れたように頭の後ろを掻いた。

そんな彼女に微笑みながら、ウリエルは話を続ける。

「ねえ、ヘレナさん。この家、凄いと思わない？」

「はい、それはもう……」

ヘレナは今いる食堂を見回して、同意した。

そういえば彼女は、この屋敷に来た時、置いてある調度品にしきりに驚いていた気がする。

「これね、全部彼が造ったのよ～」

え、マジで？

「そうなんですか⁉」

ヘレナが驚愕の声を上げた後、こっちにキラキラとした眼差しを向けてきた。

やめて、そんな目で見ないで。

カリーナも「流石は師匠です」みたいな顔しないで。

俺もどんな仕組みなのか全然分かってないから、何か聞かれても何も答えられないし。

今食べている料理と同じで、この屋敷にある設備は、ゲームのメニュー画面にある項目から増設を選んで造っただけなのだ。

俺はただボタンを押しただけで、これがどんな原理で造られているのかまでは知らない。

「もしよかったら、ヘレナさんも彼に弟子入りしてみない？」

「い、いいんですか？　そりゃ私も、入門できるならしたいけど……」

ウリエルの提案に、ヘレナが前向きな言葉を返した。

もしかしたら、お祭りの初日に俺がアデルであることをバラしたのは、俺のことをアピールしてヘレナに弟子入りしたいと思わせるためだったのかもしれない。

だが本当に弟子入りされても何も教えられないので、俺は慌ててウリエルに抗議した。

「おい、勝手に決めるなよ」

「そうですよね、こういうのは、ちゃんと自分で頼まないと」

いや、そうじゃないから。

「お願いします、私を弟子にして下さい」

そう言って、真摯に頭を下げてくるヘレナ。

そんなヘレナと俺の様子を、心配そうに固唾を呑んで見守るカリーナ。

俺が断らないと思っているのか、満足そうにニコニコしているウリエル。

無表情でジーっと俺を見ているエミリア。

ここで断ると気まずいことになりそうな空気に負け、俺は思わず頷いてしまった。

「い、いいだろう……」

「やったー！　ありがとうございます！」

ヘレナが、無邪気に喜びの声を上げる。

かなり後悔したが、ふと彼女が造ったプラネタリウムもどきを思い出して、魔道具の仕組みではなく発想の部分なら何か役に立てるかもしれないと思った。

頼む、活躍してくれ俺の現代知識。

内政とか農業みたいに専門知識が必要そうなのは無理でも、何かあるはずだ。

今は特に何も思いつかないけど。

「おめでとう、ヘレナ。よかったですわ」

悩める俺とは裏腹に、カリーナはとても嬉しそうにしていた。

エミリアはジッと意味ありげな視線をヘレナに向けており……それに気が付いた彼女が、声を掛ける。

「エミリア、どうかした？」

「なんでもない。私は明日が終わってからにする」

「……？」

エミリアの答えに、ヘレナが疑問符を浮かべる。

とそこで、ウリエルが何気ない様子でヘレナの腰のあたりを指差した。

「ところでヘレナさん、その腰の袋に入ってる魔道具なんだけど……」

「はい、【常夏の宝珠】のことですか？」

「ヘレナ、名前が変わってる」

「【常闇の宝珠】じゃありませんの？」

その時、ウリエルの目がキランッと光った気がした。

心なしか、ちょっと得意気にしているような感じがする。

「ちょっと見せてもらってもいいかしら？」

「ええ、どうぞー」

軽い調子でヘレナが、大きな黒色の宝珠を袋から取り出して、手渡そうとする。

ウリエルはそれに、どうしてか戸惑ったような素振りを見せた。

「……あれ？　そんなにあっさり？」

「えっ？　どうかされました？」

「ううん、なんでもないわ」

ウリエルは首を横に振ると、ヘレナから【常闇の宝珠】を受け取る。

彼女はそれをじっとりと観察した後、ふと首を傾げた。

「…………これは、何の魔道具なのかしら？」

「擦ると、黒い煙みたいなのが出てくるんです。私が品評会に出す予定だった作品に使えるかなって思ったんですけど、いまいち役に立たなくて……」

「だからヘレナ、それ騙されてる」

「えー、でもちゃんと黒っぽいのは出るよ？」

「だって、その宝珠には、魔力が流れてない」

「えっ？」

エミリアから知らされた事実に、ヘレナが目を点にした。

「分かるんですの？」

目を丸くしたカリーナに、エミリアは自分の目を指差して頷く。

「私の目は、魔力の流れや濃度などが見える」

「エミリアって【魔眼】持ちだったの⁉」

「は、初耳ですわ！」

「うん、秘密にしていた」

【魔眼】とは、普通なら見えないはずの何かを、見ることができる目のことだ。

ゲームでは、【魔眼】持ちは魔族の血が混ざっている証拠だと勘違いされていて、人々から迫害対象になっていた。

勇者アデルが【魔眼】のせいで虐げられる薄幸の少女を助けるイベントがあり、しばらくゲストキャラとして仲間になっていたのを覚えている。

今では勘違いも解けて……というか、ゲーム中のイベントでアデルが解いたことになっているのだが……迫害されることも少なくなった。

でも今でも迷信を信じている人が完全にいなくなったわけではないので、エミリアは自らの保身のために秘密にしていたらしい。

エミリアが【魔眼】持ちだったことを知り、ヘレナは感心を通り越してちょっと呆れたような声を上げた。

「ほえ～、エミリアって魔法の力も凄いけど、そんな才能まで隠し持ってたんだ……」

「そう、とってもお得」

そう言って、エミリアがこっちに目を向けてきた。

無表情のまま、ジッと俺を凝視して同じ言葉を繰り返す。

「とってもお得」

「そ、そうか……」

彼女の意図が分からず、とりあえず同意しておくと、エミリアは満足そうに頷いた。

何か嫌な予感がしたので、さっさと話題を変えるべく、先ほどから黙って【常闇の宝珠】を指で突いているウリエルに声を掛ける。

「どうした?」

「な、なんでもないわよ～」

明らかに動揺したような声を上げ、そのせいでウリエルに皆の視線が集まってしまう。

彼女はうっと言葉を詰まらせると、観念して捲し立てた。

「だってしょうがないでしょ!? この変な煙が穢《けが》れのように見えて【魔化の宝珠】かと思ったの

よ！　私だって勘違いぐらいするわ！」

「あー、そういうことか。ってか、まだ見つかってなかったのか？」

「それは、その……」

別に責める意図はなかったのだが、ウリエルはきまりが悪そうに目を泳がせた後、誤魔化すように話題を変えた。

「あ、明日の決勝戦は、二人のどちらかが優勝することになるのよね～。なら、何かお祝いの準備をしないと！　私としては、お祝いといえばお酒だと思うのよ～」

ウリエルはそう言って、俺におねだりするような目を向けてくる。

そういえば、彼女はゲームでも酒好きという設定だった。

アデルの仲間になるキャラクターには、それぞれ信頼度を上げるアイテムがあり、ウリエルの場合は、それがお酒だったのだ。

この信頼度を上げると色々と利点があるので、俺は全員の信頼度を最大にまで上げている。

ウリエルにも、お酒が手に入るたびに渡していた。

俺におねだりしてくるのは、その時の記憶が残っているのだろう。

しかし肝心の祝われる側であるカリーナ達三人は、微妙そうな顔をした。

「わたくし、以前に一度だけお酒を頂いたことがありますの。でもその時から、お酒は絶対に飲むなとお兄様から言われておりまして……」

「ちょうど今、試しにカリーナに飲ませてみたくなったけど……私自身は、あまり飲みたいとは思わないかなぁ」

「私も、好きじゃない」

大不評に、ウリエルが頬を膨らませる。

まだお酒を美味しいと思える年齢じゃないだろうから、当然だろうに。

「お祝いか……」

実は、今日のメニューもお祝いのつもりで随分と豪勢にしていたのだ。

それ以上となると、かなり特殊な食材が必要になってくる。

明日の夜までに手に入れるには、アデルの力を駆使しても苦労するだろう。

でも、頑張ったカリーナのために一肌脱ぐのも悪くないと俺は思ったのだった。

The 15th story

第十五話――ウリエルの依頼

Raising Project: a pupil of the strongest Brave

長かったお祭りの最終日。

俺は一人、朝早くから魔法使いギルドを訪ねていた。

今日の夕飯を、昨日よりも豪勢にするためだ。

せっかくだから、俺のできる範囲で盛大に祝ってやりたいし。

それに、俺自身にも頑張ったご褒美が欲しい。

なんと俺は、この二ヶ月で、この世界の文字をだいたい覚えてしまったのだ！

どうしてかは分からないが、元々この世界に来てから日常会話の方は問題なくできていたし、少し勉強するだけで自分でも驚くほどスルスルと文字を覚えていった。

もし日本にいた頃、これぐらいの効率で英語やらを覚えられたら、俺はもっとランクが上の大学に行けたかもしれないのに……。

まあ、今となってはそんなことを考えてもしょうがない。

カリーナの試合までには間に合わせたいので、俺は急いで依頼の張られている区画へと足を運ぶ。

魔法使いギルドで受けられる依頼は、そのほとんどが魔物の討伐に関するものだ。

他にも、様々な素材の採取や採掘といった依頼もあるが、討伐依頼に比べれば圧倒的に少ない。

また、達成した時のうまみも討伐依頼の方が上なので、大抵の魔法使いは討伐依頼ばかり受けていた。

採取や採掘の依頼も、依頼主では取りに行けないような危険地帯にあるものが大半なので、同じ命をかけるなら収入が多い方を選ぶのが普通だろう。

依頼自体の報酬は同じぐらい……というより、採取や採掘依頼の方が高いぐらいなのだが、討伐依頼だと倒した魔物から取れる素材はそのまま討伐者のものとなるので、結果的に討伐依頼の方が儲《もう》かるのである。

ギルドを運営している天使としては、地上から魔物を掃除してくれればそれでいいので、何か問題が起こらない限りは素材には拘らないらしい。

ギルドで討伐依頼を受けると、魔物がどのあたりで出没したかの情報を教えてもらえる。

だから魔物から取れる素材が欲しい場合も、目的の魔物が対象となっている討伐依頼を探すのが効率的だった。

俺は、張り出されてある依頼を端から端まで見ていったのだが……欲しいものが一つも見つからない。

というか、レベルの低い討伐依頼しか見当たらない。

百六十年の間に魔物が弱体化したのだろうか？

と良いことのはずなのに不安になっていると、ふと見覚えのあるギルド職員に声を掛けられた。

「あの、アデル様は依頼を受けにいらっしゃったのでしょうか？」

かっちりとした服装に、縁のない眼鏡をした黒髪の女性……俺が初めてギルドに来た時に対応してくれたルアンナだ。

アデルの名を出され、俺は少し焦って辺りを見回した。

今日は王都でお祭りをやっているせいか、いつものように混雑はしていない。

彼女の声が聞こえる範囲に人がいなかったことに胸をなで下ろして、俺はルアンナに目を戻した。

俺がアデルであることを、なるべく広めないで欲しいと伝えると、凄い勢いで頭を下げられる。

「は、配慮が足らず、申し訳ございません！」

「いや、そんな深刻に謝らなくてもいいから……」

この世界でのアデルは英雄なので、彼女のような反応もしょうがないのだが……俺自身は大した人間でもないのに、そこまで恐縮されると心苦しかった。

それに、せっかく美人な女性とお知り合いになれたのに、なんだか距離を置かれているようで寂しい。

なので、「堅苦しいのは嫌いだから、もっとフランクに接して欲しい」と言ってみると、ルアンナは素直に肩の力を抜いてくれた。

まだちょっと硬いが、追い追い慣れてくれることを期待する。

彼女は、コホンっと小さく咳払いをして仕切り直すと、先ほどよりは崩れた声音で話を続けた。

「もし依頼をお探しでしたら、カウンターにて紹介致します。難易度が一級以上ある依頼は、張り出していないんですよ」

「あ、そうなんだ」

どうりで弱い魔物の討伐依頼しか見当たらないはずである。

ルアンナの案内に従い、俺が専用カウンターに用意された椅子に座ると、彼女は奥から数枚の羊皮紙を持ってきた。

「いくつか、特級魔法使い用の依頼を預かっております。アデル様がお見えになった時は、必ずこれを見せるようにと、ギルド長から申し付けられておりました」

「ウリエルが？」

特級用というぐらいだから、一級魔法使いが受ける依頼よりも難易度が高いのだろう。

この辺りで特級魔法使いは俺しかいないらしいので、ほとんど名指しで依頼しているのも同然だ。

アデルにしかこなせない依頼ということで、俺はちょっと緊張しながら受け取った羊皮紙を読んだ。

依頼内容：アトラス山にある妖狐《ようこ》の里から、火狐酒の入手
報酬：ウリエルとの一日デート券（頬にキスのオプション付き）

「…………………………なにこれ？」

「何かご不明な点でも？」

「いや、報酬がね」

「それは……ギルド長が、アデル様はお金に困っていないので、金銭での報酬は喜ばないと仰いまして……」

「そ、そうか」

ルアンナが気まずそうに、俺を窺っている。

視線がちょっと生暖かい感じがするのは気のせいだろうか？

依頼を受ける報酬として、俺がウリエルに要求したのだと思われているのかもしれない。

誤解だ、これはウリエルが勝手に報酬にしているだけで、俺はちっとも嬉しくな……いや、正直ちょっと嬉しいけども。

まあ確かにお金には困ってないので、ウリエルの言葉にも一理あった。

ちなみに妖狐の里の火狐酒とは、そのままの意味で妖狐が造っているお酒のことだ。

この依頼を達成したら、どこの酒好きの手に渡るのか丸分かりである。

パラパラと羊皮紙を捲って他の依頼を見ていくが、見事に酒絡みの依頼しかない。

ウリエルの私利私欲感が、半端なかった。

大丈夫なのか、魔法使いギルド。

それに、報酬も「手を繋ぐ」とか「耳かき」とか、俺は子供かと言いたくなるようなものばかりだ。

危険な依頼を受けさせるなら、もっとサービスしてくれても——

依頼内容：ドラゴンの秘境にある、八塩折仙酒《やしおりせんしゅ》の入手

報酬：ぱふぱふ

なんか凄いのがあった。

危険度も他より跳ね上がっているが、報酬もやばい。

いや、だがゲームでのこれは、期待させておいて金管楽器というオチだった。

ゲームなら笑って済ましたが、実際に目の前でラッパを吹き鳴らされたら、やるせなさすぎる。

どうしようか？

この世界はゲームとは違う。

そこに賭けてみるべきか？

……いやいやいやいや。

報酬に目が眩《くら》んで、本来の目的を忘れるところだった。

俺の目的は、料理の材料だったはずだ。

そして秘境にいるドラゴンからは、料理スキルに使える材料が手に入る。

これは今の俺に、あつらえむきの依頼だった。

決して報酬のために受けるわけではない。

意を決してこの依頼を受けるとルアンナに伝えると、ちょっと冷たい目をされた。

違うんだからね！

「それでは、ご武運を」

「あ、ああ……」

俺はルアンナのぎこちない営業スマイルから逃げるようにして、魔法使いギルドを後にした。

その足で王都の外にまで出て、風属性の魔法である【天翔】を発動させる。

実はこの【天翔】。ゲームでは街と街を一瞬で行き来できるワープのような演出をしていた魔法だったはずなのに、こちらでは単に空を凄く速く走れる魔法になっていた。

おそらくゲームでは省略されていただけで、アデルは毎回街と街を走っていたのだと思われる。

遠く離れた場所へ移動した時は、途中で休憩や野宿もしたはずだ。

それら全てが、ゲームでは暗転で終わっていただけの話。

だから【天翔】を使っても遠出するには時間がかかる。

つまり、俺が何が言いたいのかと言うと……もしかすると、カリーナの試合に間に合わないかもしれない、ということだ。

すっかり失念していた。

やはり、報酬に目が眩んでいたようだ。

俺のせいではなく、ウリエルのせいだ。あんな報酬を用意するから……。

依頼にあったドラゴンの秘境は、険しい山脈の只中にあるものの、王都からそれほど遠くはない。

新幹線もびっくりな超人アデルの【天翔】なら、数時間ぐらいで着くだろう。

今回は誰も抱えていないので、気にすることなく全力で移動できる。

カリーナの試合は夕方からなので、ギリギリ間に合うはずだ……先にある三位決定戦などがすぐに終わってしまわない限りは。

速攻でドラゴンを倒して、速攻で酒を汲《く》んで帰る。

他には脇目もふらない。

そのつもりで走り続け、やがて目的の山脈が見えてきた。

奥まで行くと、小さな湖が見えてきて……とそこで、湖の近くにいたドラゴン達が俺に気が付いて、威嚇の声を上げ始めた。

全身を覆う黒い鱗《うろこ》に、コウモリのような翼。手足の鋭利な爪に口の牙と、どの個体もゲームならお馴《な》染《じ》みの姿をしている。

体高だけでも人の五倍はありそうな彼らが一斉に咆哮《ほうこう》を上げる様は、なかなか壮観だった。

おそらくは、あの湖っぽいのが依頼にあった八塩折仙酒だろう。

そこそこランクの高いドラゴンは、よくどこかで自分達が飲むための酒を造っている。

だがドラゴンの造る酒は美味いと有名で、人間だけでなくあらゆる種族から狙われていた。

ドワーフなどは、目の色を変えて襲ってくる。

だからこそ、ドラゴン達はこそこそ隠れて酒を造っているのだ。

この依頼、よく考えなくても単なる強盗である。

弱肉強食は自然の摂理とはいえ、俺の中身はしがない日本人。

なんか罪悪感が湧いてきてしまったので、ドラゴンの命までは取らずに、尻尾だけ切っていくことにした。

それでも十分に外道だが。

俺はまず風属性魔法の【トルネイドⅢ】を発動させ、湖付近にいるドラゴン達を吹き飛ばした。

強烈な突風に巻き上げられ、ドラゴン達が悲鳴を上げてキリキリと空を舞う。

彼らには翼があるので、高所から落下してもダメージを緩和できるだろう。

ドラゴン達が戻ってこないうちに、俺はアイテムボックスから巨大なヒョウタンのような容器を取り出すと、湖に沈めて酒を汲み始めた。

容器が満タンになるのを待っている間に、風属性魔法の【ウィンド・カッターⅢ】を、一番近くにいたドラゴンの尻尾に放つ。

魔法による風の刃は、鉄の剣程度ではかすり傷も負わせないと有名なドラゴンの鱗を、ズバンッとあっさり斬り飛ばした。

そうして頂いた尻尾の先を、すぐにアイテムボックスへと収納する。

これに入れた食材は、中で時が止まっていたかのように鮮度が保たれるので、とても便利だ。

尻尾の先だけといっても、元の図体が大きいので、一回では食べきれないほどのドラゴン肉が手に入った。

これで、しばらくは肉類に困らないだろう。

俺は頃合いを見計らって、湖に沈めていた容器を引き上げると、速攻で【天翔】を発動させた。

そうして、怒るドラゴン達から逃げるようにして空を駆ける。

思っていたよりも時間がかかってしまった。

俺は三位決定戦が長引いてくれていることを祈りつつ、全力で王都へと向かったのだった。

The 16th story

第十六話――暗雲

Raising Project: a pupil of the strongest Brave

レベッカ・ミルフォードの歩んできた人生は、およそ隙のないものだった。

生まれ持った才覚を、恵まれた環境によって開花させ、たゆまぬ努力で昇華させた。

成功は当然であり、挫折は考えもしない。

ただ自分のために用意された平坦な道を行くだけの人生。

躓《つまず》いたことがないが故に、立ち止まる者は単に惰弱なのだと決めつけ、見下していた。

生まれながらの強者であるのは事実であるが故に、それを誰も咎《とが》めることがなかった。

あらゆる人に期待され、レベッカも必ずそれに応えてみせた。

頑張った分だけ必ず報われ、理不尽な怒りを向けられたことはなかった。

だからだろうか。

敗戦から立ち直れず、自室で塞ぎ込んでいた時。

面会に来た祖父から生まれて初めて杖《つえ》でぶたれて、レベッカは頬の痛みを忘れるほどに衝撃を受けた。

床の絨毯《じゅうたん》に片手をつき、叩かれた箇所を反対側の手で庇いながら、呆然と祖父を見上げる。

「この、痴《し》れ者がっ！」

今まで浴びせられたことのなかった罵倒に、レベッカは怯えたように体を竦《すく》ませた。

体を小さくして震わせる彼女の姿に、しかし祖父の怒声は止まらない。

「先日の試合では、王家の方々がお前を見に、わざわざ足を運んで下さっていたのだぞ！」

「お、王家の方々が？」

まだ単なる学生にすぎないはずのレベッカを、やんごとない方々が注目していた。

彼女の才覚を、それだけ評価していたということだ。

知らされていなかった事実に、レベッカは一瞬だけ喜悦に心を染め、だがすぐに自分がどんな醜態を晒したかを思い出して顔を青くする。

「そうだ。お前は貴族の魔法使いの中でも、近年稀な才能があると言われておったからな。儂《わし》も、そう信じておった。だというのに、あのような無様な試合をしおってからに……とんだ恥をかいたわ！」

「……っ」

返す言葉もなく、レベッカは唇を噛むことしかできない。

怒鳴りつけることでいくらか怒りがおさまったのか、祖父は深い溜息をつくと、嘆くように呟いた。

「お前に期待した、儂が馬鹿だったようだな」

尊敬している祖父から、失望の目を向けられる。

それはレベッカにとって、大きな声で怒鳴られるよりも、延々と口汚く罵られるよりも、ずっと強い痛みを感じた。

今、自分が失いそうになっているものを取り戻そうと、焦りから口を開く。

「お、お待ち下さい、お祖父様。あれは……あれは、何かの間違いで――」

「やめんか、見苦しい」

ぴしゃりと切って捨てられ、レベッカは口をつぐむ。

思わず縋るように首のネックレスに手をやると、祖父は眉を顰めた。

「お前、その首飾りはなんだ？」

「……え？」

問われ、レベッカがその魔力値の底上げをする力がある魔道具のことを説明していくと、祖父の表情がどんどん険しくなっていく。

思わぬ反応に戸惑っていると、祖父が底冷えのするような声を上げた。

「そのようなものを、なぜお前が持っている？」

「これはお父様が私に送って下さったもので――」

レベッカの言葉の途中で、祖父は部屋の入り口付近でこちらを窺っていた男に、ギロリと睨むような視線を向けた。

レベッカの父親にあたるその男は、慌てたように首を横に振る。

「待て、レベッカよ。私は知らないぞ？」

「そ、そんな！　たしかにこれは――」

「二人とも黙れっ」

ドンッと杖の先を床に打ち付けて二人に口を閉じさせると、祖父は忌々しげにレベッカの首にあるネックレスを睨《ね》め付けた。

「一級クラス以上の魔道具だと？　お前の話が本当なら、それ一つで小さな家が傾くほどの品だ。今のこやつに、その価値はない」

はっきりとそう言い切られ、レベッカは顔を俯かせる。

この魔道具の価値は、彼女もなんとなくだが知っていた。

だからこそ、父親からお祝いだとプレゼントされた時は、はしたなくも小躍りしそうになるほど嬉しかったのだ。

自分に、一級クラスの魔道具に相応しい価値があるのだと認められたのだと思った。

だがそれは今、真っ向から祖父に否定されてしまった。

「まったく無駄金を使いおってからに……それが、誰の血税で買われたと思っておる」

「……」

「儂は何度もお前に教えたはずだ。民を守れぬ弱き貴族に価値はないと」

「……はい」

それは、レベッカが祖父から教えられ、ずっと抱いてきた信念だ。

これまで彼女を支えてきたものが、今は逆に重圧となってレベッカを押し潰そうとしてくる。

「今のお前に、その魔道具に見合う価値はない。分を弁えんか」

「申し訳ございません」

祖父の言葉はどこまでも正しく感じられ、レベッカは悔しさから目に涙を溜めながらも、頭を下げた。

「ふむ……お前に勝ったあの娘。たしか、名をカリーナと言ったな」

「はい」

どうして今、彼女の名が出てくるのかが分からず、レベッカは怪訝に思って顔を上げる。

見ると、祖父は顎にある白い髭《ひげ》を撫でる仕草をしながら、何かを思い出すようにして目を閉じていた。

「あの娘は、良き魔法使いだった。将来は、優秀な王国の守り手となるだろう」

祖父にしては珍しい称賛の言葉に、レベッカは凄まじく嫌な予感を覚える。

思わず耳を塞いで逃げ出したくなる衝動に駆られるも、彼女が何かをする前に、祖父は言葉を継いでしまった。

「レベッカよ、お前に命ずる。その魔道具を、あの娘に譲り渡してこい」

「そ、それは――」

「強力な装備は、それ相応の魔法使いが持つべきだ。お前よりは、あの娘が持つに相応しいだろう」

言っていることは、理解できる。

だがレベッカは、それだけは絶対に嫌だった。

「お待ち下さい、お祖父様！　このような高価なものを、どうして他人などに――」

立ち上がって言い募ろうとした彼女を、祖父は杖の先端でドンッと床を鳴らすことで黙らせる。

「お前が学院でどのような立ち居振る舞いをしておるのか、儂が知らぬと思うか？」

見透かすような目を向けられ、レベッカは息を呑む。

祖父は自分がカリーナにしてきた仕打ちを知っているからこそ、こんなことを言い出したのだと悟った。

「お前の手で、それを渡すことに意味があるのだ。行ってこい」

今までの非礼を詫びてこい。

言外にそう言われ、しかしレベッカはスカートの裾を強く握り込むばかりで、決して頷こうとはしない。

「あの娘にそれを渡すまで、家に帰ってくるな」

祖父は吐き捨てるようにそう言うと、容赦なく彼女を屋敷からつまみ出した。

家から放り出され、レベッカは行く当てもなく王都の街を歩く。

祭りで楽しそうに笑顔を浮かべている人々とは裏腹に、感情の抜け落ちた顔で、まるで幽鬼のように彷徨い続けた。

カリーナに渡すぐらいなら、こっそりと何処かに捨ててしまおうか？

何度もそういった誘惑に駆られる。

だがその度に、あの祖父には絶対にバレるだろうと、すぐに考え直すことを繰り返していた。

それに、たとえ嘘でも「カリーナに非礼を詫びて魔道具を譲った」とは、口にすることすら絶対に嫌だった。

あの女にネックレスを渡すぐらいなら、死んだ方がマシだとすら思ってしまう。

——どうして自分は、こんなにも意固地になっているのだろうか？

ふとした瞬間に、頭の片隅でそう思うが、何かに邪魔立てされるように消えていく。

やがてレベッカは、いつの間にか大会が行われている試合場の前にまで来ていた。

表に張り出された結果によって、カリーナが決勝まで勝ち上がっていたことを知る。

——本当なら、そこにいるのは私だったはずだ。

試合場から上がる歓声を耳に、そんなことを思った。

実際、エミリアと決勝まで当たらないことを知った時、自分の入賞は確実だと信じて疑わなかった。

決勝戦で、エミリアと戦うのは自分だったはずなのだ。

居場所を、カリーナに掠《かす》め取られた気がした。

ふつふつと湧き上がる憎悪に、レベッカはだんだんカリーナのことしか考えられなくなっていく。

この時彼女は、自分の首飾りにある青色の宝石が、暗い光を放っていることに気が付いていなかった。

いや、もう気が付けなかった。

レベッカの思考が、何らかの力に誘導されるようにして、どんどん負の方向へと傾いていく。

あの日の試合。

カリーナに、負けた瞬間。

彼女が、自分に向けた憐れみの目を思い出して……レベッカは目の前が真っ赤になったかと思うほどの激情に駆られた。

憎悪の念が全身を支配し、頭の中を黒く染め上げ——

それきり、プツリとレベッカの意識は途切れたのだった。

The 17th story

第十七話──決勝戦

Raising Project: a pupil of the strongest Brave

年に一度の、トウェーデ魔法大会。

その決勝の舞台に今、カリーナは立っていた。

対するは、トウェーデ魔法学院史上、最高の天才と謳われている少女。

齢十三にして一級魔法使いクラスの実力を誇る怪物。

これまでの全試合で、対戦相手を圧倒し、秒殺で勝ち続けて決勝まできている。

しかし、今日も同じようにエミリアの圧勝で終わると思っている観客は、少数派であった。

観戦に来た人間のほとんどが、こたびの戦いの行方を予測できないでいる。

なぜなら、その対戦相手であるカリーナもまた、圧倒的な実力で相手を一蹴し続け、決勝まで上がってきたからだ。

一体、どちらが勝つのだろうか？

観客のそういった反応は、カリーナもなんとなく肌で感じ取れる。

不思議な気分だった。

この会場にいる誰もが、エミリアのような一級クラスの魔法使いと、自分のような最下級の魔法使いを比べて、どちらが強いのか判断しかねている。

成績や魔法使いのランクでいえば、比較対象にすることすらおこがましいはずなのに。

最高の天才に、最低の劣等生が勝てるはずないのに。

みんな、迷っている。

そう思うと、何だか滑稽で笑い出しそうになってしまった。

そもそも数ヶ月前のカリーナは、自分がこんな舞台に立てるとは思っていなかった。

憧れることはあっても、何度も夢見ることはあっても、本当にここまで来られるとは思っていなかったのだ。

ふとカリーナは、自分をここまで連れてきてくれた恩人の姿を目で探す。

だが、昨日までは座っていたはずの席に彼の姿はない。

何かあったのだろうか？

どこかで、自分を見てくれているのだろうか？

カリーナがそんな不安を抱いていると、距離を置いて向かい合っていたエミリアが、彼女の名を呼んだ。

「カリーナ」

「何ですの？」

「今日は、手加減なしでいい。本気で来て」

エミリアの言葉に、カリーナは目を伏せる。

彼女の【魔眼】には相手の魔力量が見え、ある程度の実力を見抜いてしまう。

だからこそエミリアは、レベッカと戦うことになったカリーナに、手加減をするよう助言できたのだ。

そんな【魔眼】持ちの彼女が、カリーナに全力で来いと言う。

それはつまり――

「……やはり、わたくし程度の実力では、恐れるに値しませんの？」

少し自嘲を含んだカリーナの言葉に、エミリアは首を横に振った。

「違う。今日は私も、本気でやる」

彼女はそう言って、ほんの少しだけ口端を上げて笑みを浮かべる。

エミリアは今、カリーナを【魔眼】で見た上で、対等以上の相手だと認めていた。

それは彼女が全く油断していないということであり、今から戦う相手に慢心がないのは厄介なことのはずなのだが……どうしてかカリーナは、嬉しく思ってしまう。

「どちらが勝っても、恨みっこなし」

「ええ、受けて立ちますわ」

カリーナの顔も、エミリアに対抗して不敵な笑みを形作る。

今回のそれは単なる強がりではなく、体に滾る戦意から自然と表に出てきたものだ。

勝ちたいと思った。

エミリアに……雲の上にいたはずの相手に、勝ってみたいと思った。

カリーナは、そんな祈りにも似た渇望を瞳に滾らせ、エミリアを見据える。

エミリアもまた、カリーナを同じような目で見つめていた。

両者が視線をぶつけ合わせていると、審判役であるウリエルの間延びした声が、試合場に流れる。

『は～い、それでは決勝戦を、始めま～す。エミリアさんも、カリーナさんも、準備はいいかしら～？』

ウリエルの確認に二人が頷く。

すると、彼女は高らかに試合開始を宣言した。

『は～い、それじゃ始めちゃってくださ～い』

全く同時に、二人は周囲から精霊を呼び寄せ始めた。

色とりどりの光が、二人の眼前で融合し、それぞれの形を構築していく。

その速度は、ほんの僅かな差だがカリーナの方が速かった。

彼女の感応値は、既にエミリアを上回っている。

カリーナは先手を打つことを優先し、緑色の光玉を四つ使って風属性魔法【エアカッター】を発動させた。

彼女の周囲に無数の風の刃が生み出され、相手に向かって放たれる。

キュルキュルと風音を立てて回転する刃の一つ一つが、細い木なら簡単に切り倒せてしまうほどの威力を発揮し、その全てがエミリアに殺到した。

相手が格下であれば、魔力による肉体強化を貫通して命を奪いかねない魔法。

だがカリーナには、エミリアなら事もなく防ぐだろうという奇妙な信頼感があった。

そして、期待通りと言うべきか。

遅れて精霊の光を構築し終えたエミリアは、風の刃が到達する前に、青色の光玉を消費して水属性魔法【アイスシールド】を発動させた。

氷で出来た巨大な壁が、彼女の眼前に出現する。

風の刃は次々と氷の壁に衝突し、エミリアにその切っ先を届かせることなく霧散させられてしまった。

まともに攻撃を受けた氷の壁もまた、風の刃を防ぐたびに砕けていく。

エミリアを襲う刃が全てなくなる頃には、氷の壁はほとんど崩れてしまっていた。

二つの魔法が衝突し、結果的に相殺のような形で終わる……ことはない。

エミリアの魔法は、まだ終わっていなかった。

集めていた精霊が、青色の光玉が消えた隙間を埋めるように入り込んで結合し、今度は茶色の光玉が弾けて消える。

先ほどの魔法から連鎖するように地属性魔法【クリエイトゴーレム】が発動し、崩れていた氷が蠢《うごめ》きだした。

粉々に砕けていた氷が再構成され、人間なら誰でも知っている屈強な魔法生物……ドラゴンの形を形成していく。

やがてカリーナの数倍以上はありそうな背丈をしたドラゴンが完成すると、それはまるで本物のように咆哮を上げた。

観客の声援を掻き消してしまうほどの声が、地面をビリビリと揺らす。

細部にわたって洗練され、クリスタルのように透き通った体躯《たいく》を持つドラゴンの姿に、カリーナは息を呑んだ。

凄まじい威圧感に晒される中、ほんの短い時間だが、そのドラゴンに見惚れてしまう。

その完成された姿は、思わず畏怖を覚えてしまうほどに美しかった。

「連鎖魔法【アイスドラゴン】。人間相手に使うのはカリーナが初めて」

「……それは光栄ですわ」

先の氷の壁は、攻撃を防ぐのと同時に【アイスドラゴン】を作り出す下地にもなっていたようだ。

なかなか上手い連鎖魔法の使い方である。

カリーナが感心していると、エミリアの【アイスドラゴン】が一歩、足を前に踏み出した。

冷気を纏った足が着くと、地面がその白い氷の体と同じ色に染まる。

触れるものを急速に凍らせる力のある【アイスドラゴン】は、その巨体で体当たりをするように、カリーナに飛び掛かった。

カリーナは魔力で強化された跳躍力でもって、後ろに大きく飛び退く。

そうしてドラゴンの攻撃を避けながら、次の魔法を発動させるべく精霊の光を集めた。

ゴーレムの特性からして、生半可な攻撃では、先ほどと同じように体を再構築させてしまうだろう。

そう判断したカリーナは、今の自分が使える中で最大威力の魔法を構築していく。

自分の師匠から教えてもらった、とっておきだ。

屋敷の魔法書にも載っていなかった、カリーナでも使える高位魔法。

だがそれが完成する前に、エミリアが再び水属性魔法を発動させた。

同時に、ドラゴンが口を固く閉じて大きく首を仰け反らせる。

ドラゴンの代名詞とも言える技を、連想させる動きだ。

何かを溜めるような動作の後、【アイスドラゴン】は勢いよく口を前に突き出して開いた。

次の瞬間、エミリアの魔法によって、その口から白い輝く光が吐き出される。

【アイスドラゴン】による、ドラゴンブレス。

それは直線上にある地面をパキパキと凍らせながら、真っ直ぐにカリーナへと迫っていった。

まともにくらえば、カリーナはこのまま体を凍らされてしまっていたであろう。

魔力による肉体強化で即死することはないが、身動きはできなくなっていたはずだ。

だがブレスがカリーナに到達する直前に、間一髪で彼女の魔法が完成した。

赤い光玉と緑の光玉を、同時に揃えて消費する。

火属性魔法の【ファイアウォール】と、風属性魔法【トルネイド】。

炎の壁と、風の渦。

その二つが同時に発動し、融合して一つの魔法に変化した。

複合魔法【ファイアトルネイド】。

竜巻にも似た風が火の壁を取り込み、炎を伴う巨大な旋風が生み出される。

意図的に発生させられた火災旋風が、ドラゴンブレスと衝突した。

すると大きな冷気のブレスは、あっさりと【ファイアトルネイド】の熱に負け、掻き消されてしまう。

炎の渦は尚も止まらず、高熱を撒き散らしながら、ブレスの向こうにいた【アイスドラゴン】をも巻き込んだ。

まるで本当に生きているかのように、【アイスドラゴン】が悲鳴のような咆哮を上げる。

内部で猛威を振るう超高温の熱は、風によって動きを縛られた氷のドラゴンを溶かし、瞬く間に蒸発させてしまった。

【アイスドラゴン】が跡形もなくなると、ようやく【ファイアトルネイド】が消える。

両者の魔法が途切れ、今度こそ仕切り直しとなった。

学生の試合を見ているとは、とても思えないほどの高威力の魔法の応酬に、いつの間にか観客は奇妙なほど静かになっていた。

唾を飲み込む音が聞こえてきそうな静寂の中、試合場に立つ二人の声がやけに大きく響く。

「……凄い。そんな魔法、初めて見た」

「わたくしも、貴女のドラゴンには度肝を抜かれましたわ」

カリーナとエミリアが、互いを称え合って笑う。

途端、声を出し忘れていたことを取り戻すかのように、観客席から大きな歓声が上がった。

滅多に見られない高レベルの試合に、興奮したような声が上がり……だがそれも、唐突に試合場の入り口から姿を現した存在によって、戸惑うようなざわめきに変わる。

二人しか立ち入ることが許されないはずの場に、焦点の合っていない目をしながらふらふらとした足取りで出てきた少女。

その見覚えのある同級生の姿に、カリーナが困惑した声を上げた。

「レベッカ?」

その名を口にした途端、虚ろだった目がギョロッとカリーナに向いた。

「――くふっ」

「……?」

レベッカは唇の端を歪《いびつ》に吊り上げ、口の奥から断続的に息を吐き出す。

何がそんなに面白いのか、彼女はカリーナを見ながら肩を震わせ、奇妙な笑い声を上げ始めた。

まるで気でも狂ったかのような彼女の様子に、エミリアとカリーナが顔を見合わせる。

やがてレベッカは、上機嫌な声で独白しているかのように喋《しゃべ》りだした。

「ねえ、カリーナ。私、今とっても良い気分なの。この日のために、私は生まれてきたんじゃないかってぐらい、爽快な気分だわ」

「……何を言ってますの?」

「うふふ」

口は笑みを形作っているが、目は全く笑っていない。

彼女の碧眼の瞳の奥に灯っているのは、暗く濁った光。

その激しい憎悪を感じさせる眼差しに気圧され、思わずカリーナは後退る。

「だって今から、こんなにも憎い相手を殺せるんですもの。貴女が上げる断末魔は、きっと私を人生で最高の気分にさせてくれるはずだわ。こんな経験ができる私って、とっても幸せね」

レベッカが、謳うようにそう言った。

彼女の急変に困惑から抜け出せないでいると、レベッカは二人の前でそっと首のネックレスに触れる。

――逃げて！

観客席から、誰かの声が響いた。

だが時は既に遅く、レベッカの首飾りにある宝石が暗い光を放ち始める。

この日、カリーナは生まれて初めて、本物の魔族を見ることになった。

The 18th story

第十八話――魔族

Raising Project: a pupil of the strongest Brave

レベッカの首飾りが怪しげな光を放った瞬間。

彼女のネックレスに明かりを吸収されたかのように、辺りが薄暗くなった。

目の錯覚などではなく、はっきりと薄い闇が落ちている。

一切の音が消え、時間が止まったのかと錯覚するような静寂が漂った。

まるで、この世にある様々な活気が、全て失われてしまったかのようだった。

その代わりだとでもいうように、レベッカの体が凝縮された強い光の膜に包まれていく。

外部を照らし出さない、紫色の不可思議な光だ。

何かの卵のようにも見えるそれは、すぐにひび割れ、中を包む殻を吹き飛ばした。

集めていたものを解放したかのように、溢れ出てきた眩い光の奔流が、試合場で荒れ狂う。

中心からは、悲鳴のような、それでいて狂人の笑い声のような、おぞましい音が鳴り響いていた。

体が浮きそうになるほどの衝撃波に見舞われ、カリーナは腕で顔を庇いながら、懸命に踏ん張る。

着ていたローブの裾が、バタバタと激しく暴れた。

近くでは、エミリアも同じようにして堪えている。

やがて光が収まり、カリーナから見える世界に明かりと音が戻ってきた時。

レベッカが立っていた場所に、異形の存在が佇んでいた。

体の輪郭は、かろうじて人型だと言えるかもしれない。

だがその大きさは平均的な大人の倍はあり、外観は元の少女とは似ても似つかぬものへと変貌している。

肌は白蝋《はくろう》を塗り固めたような、生気のない色をした肌。

眼窩《がんか》に何も入っておらず、奥の闇が覗いているかのような、黒く塗り潰された双眸。

血のように赤い唇に、それと同じ色をした鋭い爪。

頭部からは、手入れされ艶やかな色をしていた金髪がなくなり、代わりに無数の黒い蛇が蠢いていた。

そんな化け物の姿を見て、カリーナは本能的に理解する。

あれこそが、地下の闇から現れ世界を穢す、不浄の塊。

地上のありとあらゆる生命の敵で、かつて世界を混沌に陥れた影。

人々を守護する天使と、対となる存在。

——魔族。

一度も見たことがないはずなのに、すぐにそう分かった。

体の奥底から湧き上がってくるような恐怖と嫌悪感が、そうカリーナに教えてくれた。

鳥肌が止まらない。

足から力が抜けそうになり、震えから歯がカチカチと音を鳴らした。

喉が渇き、目尻に涙が溜まる。

呼吸が上手くできず、息が苦しかった。

今すぐにでも背を向けて逃げ出したいのに、恐怖で身が竦み化け物から目を離すことができない。

戦う戦わない以前の、勝てる勝てない以前の問題だった。

カリーナの魂が、あれと関わりたくないと叫ぶ。

本能を理性で制御しきれず、怖いという文字が頭の中を埋め尽くして、他のことを考えられなくなっていた。

それは彼女の隣にいるエミリアも同様のようで、頬を伝って顎先からこぼれ落ちるほどの汗を流し、震えている。

彼女の場合、【魔眼】で相手の力が直に見えてしまう分、カリーナよりも強い恐怖を感じているのかもしれない。

魔族はそんな二人には目もくれず、自分の体から溢れる力に酔いしれていた。

『あぁ……素晴らしい力だわ。これならお祖父様も、私をお許しになって下さるはず。私を認めて下さるはずだわ』

魔族が、そう言って幸せそうな笑い声を上げる。

頭の中に直接響いてくるような、不気味な声だ。

聞くだけで耳を塞ぎたくなるような、おぞましさがある。

だがその言動に、レベッカの意識の残滓《ざんし》があった。

残っていた人間の部分を感じて、ほんの少しだけカリーナの心に余裕が生まれる。

まさにその瞬間を狙っていたかのように、ドンッと腹の底に響くような音が聞こえてきた。

試合場の上、観客席の方向からだ。

先ほどまで行われていた試合の、審判を務めていた者が座っていた場所からの音。

それにより、あそこにいるのが誰なのかを思い出して、カリーナは心に生じた余裕を一気に押し広げた。

目を向けると、当然のように大騒ぎになっている客席が見えた。

大勢の人々が我先に逃げようとひしめき合う中、いつもは小さくしてある背中の翼を本来の大きさ……身の丈の倍以上にまで広げたウリエルが、両手を見えない壁に当てながら歯がゆそうな表情でカリーナとエミリアを見据えている。

――この結界を破るまで、なんとか持ちこたえて！

彼女の悲痛な叫びが、試合場の二人に届いた。

どうやらレベッカが魔族になってしまった瞬間に、試合場と観客席を隔てる結界が張られてしまっていたようだった。

しかも、天使でも破るのに時間がかかってしまうような強力な代物をだ。

それがそのまま、目の前にいる魔族の強さを表していた。

間違っても、カリーナやエミリアが敵うような相手ではない。

今も二人が生きているのは、魔族が呑気に自分の姿を見回して悦に入っているからで、次の瞬間には殺されていたとしても不思議はなかった。

人間の……それもまだ学生にすぎない魔法使いが、敵うわけがない。

持ちこたえろと言われても、自分程度の力では時間稼ぎすら無理だ。

そうカリーナが弱気になった時、ふと脳裏に浮かんだのは、アデルの顔だった。

今、カリーナ達と対峙《たいじ》している魔族よりもずっと強いであろうと信じさせてくれる存在。

魔王すら屠《ほふ》ってみせた、人間最強の魔法使い。

自分を絶望の淵からすくい上げ、心の支えになってくれた人。

——師匠が、きっと助けにきてくれる。

どうしてだろうか？

根拠もなく、そう思った。

そのおかげで、少しずつ意地にも似た勇気が湧いてくる。

アデルが駆け付けてくれた時に、無様な姿を晒していたくない。

恩人から、不甲斐ない弟子だと思われたくない。

そんな思いから、カリーナは歯を食いしばって鳴っていた音を止め、無理矢理体の震えを抑えた。

「エミリアっ！」

「……何？」

叫ぶような呼びかけに、エミリアが我に返って反応する。

カリーナの強い意志の込められた眼差しを見て、エミリアは言葉を交わすまでもなく彼女の意図を察した。

「私は、水でいく」

「ええ、ならわたくしは風にしますわ」

二人が身構えると、それに気が付いた魔族が、心の底から不思議そうな声を上げた。

『んん、まさか私と戦うつもりかしら？　もしかして、力の差が分かっていない？　それとも、何か奥の手でもあるの？』

相手が攻撃してくると分かっていながら、自身の力に絶対の自信を持つが故に、興味深そうに二人を見守るだけで、何もしようとしない。

魔族が観察してくる中、二人はなけなしの勇気を振り絞って、周囲から精霊をかき集めた。

カリーナは緑色の光玉を、エミリアは青色の光玉を集めることに専念する。

二人は、四個の光玉を繋げたものを、同色で別々に二つ構築してみせた。

カリーナは、風属性魔法【トルネイド】を二つ同時発動させることで、【トルネイドⅡ】に昇華させる。

同じくエミリアも、水属性魔法【フリーズ】を二つ同時発動させることで、【フリーズⅡ】に昇華させた。

通常の【トルネイド】よりも一回り大きく強力になった【トルネイドⅡ】に、冷気で相手を凍結させる魔法である【フリーズⅡ】が融合することで、複合魔法【ブライニクルⅡ】が完成する。

今のカリーナとエミリアが力を合わせて、ようやく発動させることができる、最大の魔法だ。

もし試合で同じ魔法を発動させることがあれば、観客席を巻き込んで会場を破壊してしまっていたであろう威力がある。

その触れたもの全てを凍らせてしまう冷気の嵐が、眼前にいる最悪の敵へと真っ直ぐに放たれた。

二人の渾身の攻撃に……しかし魔族は、その攻撃をのんびりと眺めるだけで、動こうともしない。

小さな湖なら一瞬で凍結させてしまうであろう魔法が、まともに魔族と衝突した。

てっきり魔法で防ぐか避けられると思っていたカリーナは、少し拍子抜けしてしまう。

これならばもしかして――

そんな淡い希望が、心を掠めた。

でもそれは、本当に僅かな時間だけで……

次の瞬間、エミリアの左肩から右脇にかけて出来た傷から鮮血が舞ったことで、絶望に塗り替わった。

何が起こったのかは、分からない。

そんなことを考える暇もなくカリーナは、ゆっくりと崩れゆくエミリアの体を、慌てて駆け寄って支える。

「エミリアっ！」

「か……は……」

エミリアは口からも地を吐き出していた。

胸部の傷口が深く、血が流れ出すのが止まらない。

まだかろうじて生きているが、明らかに致命傷だった。

カリーナは、急速にエミリアの体温が失われていくのを感じ、絶叫のような悲鳴を上げる。

『ああ、これよ。私は、貴女のその声が聞きたかったの……いいわぁ。とても、最高の気分よ』

【ブライニクルⅡ】による冷気の嵐の只中から、平然とした様子で歩み出てきた魔族が、陶酔した声を上げた。

魔族の爪には、ポタポタと赤い血が滴っている。

それで理解した。

エミリアに致命傷を負わせたのは、この魔族だ。

ただ、その攻撃が速すぎて何をしたのか見えなかったのだ。

カリーナ達の目には、何かが動いたと認識することすらできなかった。

――次元が違いすぎる。

魔族と相対して理解できたのは、それだけだった。

どのくらいの差があるのかも分からない。

確実なのは、二人がかりで全力で放った魔法も、この魔族にとったら少し肌寒い微風とそう変わらないという事実だ。

カリーナは、既に意識のないエミリアを抱き寄せた。

彼女から流れ出る血が、カリーナのローブを赤く染める。

戦意は既に消失していた。

『あら意外だわ。貴女ってとても薄情な性格をしていたのね。てっきり、お友達を殺された怒りで向かってくるかと思いましたのに』

魔族がカリーナをそう揶揄するが、彼女は動かない。

心が、既に折られてしまっていた。

友人の命が消えていくのを肌で感じて、ただ涙を流す。

『つまらないわね……まあ、嫌でも元気な声を上げてもらうけど』

魔族はそう言いながら、カリーナに歩み寄って爪を振り上げた。

やろうと思えばもっと速く動けるだろうに、これからなぶる相手に見せつけるようにして、わざとゆっくりと爪を動かしていく。

どうして、こんなことになったのか？

追い詰められた状況の中、ふとカリーナはそんな思いを抱いた。

どうして、レベッカが魔族になってしまったのか？

どうして魔族は、レベッカの声で自分を責めるのか？

どうしてレベッカは、こんなにも自分を恨んでいたのだろうか？

幾つもの疑問が頭の中を巡り、その全てに答えが出ない。

そして、いよいよ魔族の凶刃が振り下ろされんとした時。

冷たくなっていくエミリアの体を抱き締めながら、カリーナはきつく目を閉じた。

この時、誰かの名前を口にしたような気がする。

だが同時に、その声が掻き消されるほどの音が鳴り響いたことによって、カリーナには自分が誰の名を叫んだのか永遠に分からないままになった。

驚いて目を開くと、暖かい何かが二人を包み込み、エミリアの傷がみるみるうちに塞がっていくのが見えた。

魔族の攻撃はいつまでも襲ってこず、代わりに何者かの手が、そっとカリーナの肩に触れる。

血を流しすぎて蒼白《そうはく》だった顔に、生気が戻る。

顔を上げると、魔族が立っていたはずの場所に、カリーナがよく見知った人物が立っていた。

それは彼女が、今もっとも会いたかった魔法使いで――

「あ～……、すまん、試合開始に間に合わなかった」

「師匠っ！」

頬を掻いて申し訳なさそうにしているアデルに、カリーナは涙声で応えたのだった。

第十九話――レベッカ

The 19th story

Raising Project: a pupil of the strongest Brave

もうカリーナの試合は、始まってしまっているだろうか？

そんな不安を抱えつつ、俺は【天翔】で空を駆け続けていた。

ドラゴンの秘境から全力で移動してきたが、ちょっと遅刻してしまったかもしれない。

往復の距離を休まず飛ばし続けてきたせいか、流石に疲れてきてしまい、思っていたよりも時間がかかってしまったのだ。

もし間に合わなかったら、どう謝ろうか？

ウリエルが依頼の報酬に、あんなことを書いていたせいだ……なんてことは絶対に言えない。

あの報酬に釣られて試合観戦に遅れたなんてカリーナに知られたら、師匠としての威厳が底に落ちてしまう。

いや、元々俺には威厳なんてないんだけど、昨日までは慕われていた相手に塵《ちり》を見るような目を向けられるのはきつい。

今のうちに、何かもっともらしい理由を考えないと……。

カリーナが納得しそうな言い訳を考えながら足を動かしているうちに、ようやくランドリア王国の王都が見えてくる。

すると、唐突に辺りが薄暗くなった。

空を見上げてみるも、今日は快晴なので太陽を遮るような雲はない。

だが光は空を照らさず、地上には日没直後の逢魔《おうま》が時《とき》のように、闇が落ちていた。

その不可思議な現象に、俺は首を傾げ……次の瞬間、暗くなっていた王都から紫の蛍光色のような光が見えて、今何が起こっているのかを理解する。

ゲームでは何度も登場した、【魔化の宝珠】。

魔界から魔族を召喚するその道具は、まず周囲に強力な結界を張り、内部にいる者を供物にすることで、ようやく使用者の体を完全に魔族が乗っ取るのだ。

あの光は、その結界が張られる前触れだった。

つまりは、【魔化の宝珠】の使用者が王都に現れてしまったということである。

王都に近付くにつれ、その現場が魔法大会の決勝が行われている会場だと気が付き、俺はますます焦りを募らせる。

かなり目立ってしまうだろうが、俺は空から試合会場へと直行することにした。

よくやく試合場の様子が詳細に見える範囲に来た辺りで、エミリアが魔族から伸びた爪にやられ、血塗《ちまみ》れになって倒れ伏してしまうのが分かった。

カリーナは、重傷を負った彼女を悲鳴を上げながら抱き寄せていた。

思わず頭に、カッと血が上る。

耳の端まで熱くなるような怒りが、俺の思考を一瞬で赤く染め上げた。

この勢いのまま、一直線にカリーナ達の元へ——

ゲームでの【魔化の宝珠】が張る結界は、アデル達と【魔化の宝珠】使用者の戦いに、誰も横槍《よこやり》を入れない理由付けのような設定だった。

だからアデルが戦っていた時、天使を含む外部の者は誰もその結界を破れなかったということになっている。

現実にして考えるなら、理不尽なほど強力な結界だろう。

だが激情に駆られるあまり、俺はその結界に直接体当たりを敢行した。

空から直接降下していき、思いっきり肩と結界を衝突させる。

骨に響くような、鋭い痛みを自分の肩に感じた。

アデルになってから初めての痛みに、俺は思わず顔を顰める。

予想通りの、非常に強固な結界だ。

だが俺は、その結界を突き破ることに成功していた。

痛みを堪えつつ見れば、魔族になりかけている者……半魔とも言うべき者が、カリーナに向けて爪を振り下ろそうとしているところだった。

【天翔】で空中の足場を蹴り、その爪が彼女に届く前に、半魔に肉薄して蹴り飛ばす。

あっさりと半魔の体は宙を舞い、派手な音を立てて試合場の壁に衝突した。

空いた穴の奥が闇に包まれて見通せなくなるほど、半魔の体が中へと深くめり込んでいく。

この体になってから、何かを本気で蹴り飛ばしたのは初めてだ。

日本にいた頃の俺にアデルの身体能力があれば、遊びでサッカーをした時もボールを一撃で粉微《こなみ》塵《じん》にしてしまっていたことだろう。

その威力を目の当たりにして、俺は僅かながら頭が冷えた。

アデルになってしまった俺が、感情にまかせて動けば大変なことになる。

今さらながらに、それを強く実感する。

これからは、上手く感情を制御できるようにならないと……これが人間相手だったら、つい手を出してしまったでは済まされない大惨事になっていたはずだ。

先ほどまで怒りで我を忘れていた自分を戒めながら、俺は地面に着地するなり、急いでカリーナの傍へと駆け寄った。

エミリアが負傷したのは見えていたので、既に精霊を集めて黄色の光玉を集めてある。

それを消費して、光魔法の【パーフェクト・ヒール】を発動させた。

二人の体を白い光が包み込み、まるで時間を巻き戻していくかのようにエミリアの傷が塞がっていく。

気を失っているが、これで命に別状はないはずだ。

エミリアを抱き締めて小さく震えていたカリーナの肩に手を置くと、彼女は顔を上げて涙に濡れた双眸を俺に向けた。

そのカリーナの顔を見て、言い知れない罪悪感が湧いてくる。

――俺のせいで、彼女を泣かせてしまった。

そんな風に、思ってしまったのだ。

実際、俺が王都を離れていなければ、カリーナが泣いてしまうような事態にはならなかっただろう。

「あ～……、すまん、試合開始に間に合わなかった」

いたたまれない気持ちになって思わずそう謝ると、カリーナは頬に流す涙をさらに増量させた。

「師匠っ！」

彼女の叫ぶような涙声に、なんとなく責められているような気分になる。

俺が気まずさから頬を掻いていると、カリーナは手で涙を拭って立ち上がろうとし……腰が抜けてしまっているのか、その場でペタンと座り込んでしまった。

よほど怖かったのだろう。

遠目にだが、彼女が半魔に立ち向かっていたらしいことは知っていた。

相手が曲がりなりにも魔族であることや、彼我の力量差を考えれば、それだけでも十分に凄いことだと思う。

俺が彼女と同じ状況に立たされれば、きっと恐怖に負けて何もできなかっただろうから。

だがカリーナは、立ち上がれない自分にショックを受けたような表情を浮かべた後、顔を俯かせて落ち込んだ声を発した。

「ごめんなさい、師匠……わたくしは……」

彼女が何を言おうとしているのか、なんとなくだが分かった。

だから俺は、続く言葉を全て言わせる前に、彼女の頭に手をのせる。

「よく頑張ったな」

「――っ」

それで顔を上げたカリーナが、俺に何かを言おうとして――

次の瞬間、何か鋭いものが空気を裂いて接近してくる音を耳にして、本能が頭の中に警笛を鳴らした。

エミリアとカリーナを、それぞれ両脇に抱えて、急いでその場を飛び退く。

直後、伸縮自在の爪が、俺の元いた地面に幾つも突き刺さった。

すると、試合場の壁に空いた穴の奥から、直接頭に響くような声が飛んでくる。

『どうして、今のを避けられるの⁉』

「どうしてと言われても……」

俺が返事に困っていると、壁に空いた穴の闇から滲《にじ》み出てくるようにして、ゆっくりと半魔が姿を現した。

俺が蹴りを入れた腹部から血が流れ出しており、人間味のなくなった白い肌を朱色に染め上げている。

接近戦は苦手な「アデル」の直接攻撃でも、この半魔には相当なダメージになっていた。

わざわざ【アナライズ】を使わずとも、その事実で相手の強さをだいたい把握する。

これなら一人でも楽に勝てそうだと、俺は内心で安堵した。

『……貴方は一体、何者なのかしら？　とても人間とは思えないのだけれど？』

「いや、そりゃ人間は魔族に比べたら弱い奴が多いけど——」

中には、強い奴もいるだろう。

そう言いかけたところで俺は、ふと以前に王都で行った調査のことを思い出した。

あの時は、最高でも今のカリーナに毛が生えた程度の強さの人間しか見当たらなかったのだ。

ゲームでは、力が不完全な半魔を相手にして、勝てずとも善戦できるぐらいの強さのネームドキャラが国に一人ぐらいはいたのだが……

気になって結界の外側になっている観客席を見渡してみると、ウリエルら天使以外の人間は、誰一人として戦意を見せていなかった。

沢山の魔法使いが観戦していたはずなのに、皆が一般民に交じって会場から逃げようとしている。

別に俺は、そのこと自体を咎めようとは思わない。

そもそも、偉そうなことを言う資格なんてない。

逆の立場だったら、きっと俺も同じ行動をしていただろうから。

ただ今さらになって……本当に今さらになって、魔族と人間の魔法使いの力の差が深刻であることを強く実感したのだ。

魔族になりきれてない半魔にすら、今の人間の魔法使いでは束になっても敵わない。

ゲーム中では、ごく一部の英傑なら半魔に対抗できていたのが、現在は平和な時代が続いているせいか、魔法使い全体のレベルが下がってしまっているようだった。

――魔族に対抗できる人材を、育てなければならない。

脳裏で、誰かがそう囁いた気がした。

それはもしかしたら、アデルの体が元から持っていた意志なのかもしれない。

本当は俺が勝手にそんな使命感を覚えただけなのかもしれないが、今はなんとなく第三者の思いが介在しているように感じた。

正直、途轍《とてつ》もなく気味が悪いが……でもアデルや、彼のかつての仲間達以外にも、魔族と戦える人間が必要であることは確かだ。

【魔化の宝珠】がまだ地上に撒かれていると分かった今、このまま人間の魔法使いの弱体化が進んでしまうと、いつか取り返しのつかないことになるかもしれない。

地上が魔族に乗っ取られ、人間が滅びることになるかもしれない。

アデルの手だけで守るには、この世界は広すぎるのだ。

せめて、魔族に堕ちかけている半魔ぐらいは相手にできる人間が欲しい。

だからといって、ただ闇雲に誰彼構わず強くすればいいものではないだろう。

ステータスを上げる実の数には限界があるのに、間違って極悪人を強くして、半魔以上の脅威になられたら目も当てられない。

力を与えても大丈夫か、ある程度は相手の人間性を見極める必要もある……と思う。

でもそんな大それたことが、頭の悪い俺に出来るだろうか？

思わずその場で悩み込む状態になるが、今はそんなことをしている場合ではなかった。

ひとまずは、目の前にいる半魔を倒さなければならない。

おそらくは誰か人間が体を乗っ取られているはずだが、相手の正体のことについては、あえて考えないようにした。

考えてしまえば、戦えなくなるかもしれないからだ。

ついこの間まで、普通の日本人だった俺には、きついものがある。

でもこのまま放っておけば、もっと多くの人間が犠牲になってしまうだろう。

【魔化の宝珠】によって半魔になってしまった者は、もう二度と元に戻ることはできない。

だから元々が人間であったとしても、ここで滅する必要があった。

決意を鈍らせないよう相手を鋭く睨み据えると、半魔が僅かに身を竦ませる。

そして、その感じてしまった小さな怯えを誤魔化すように、続けて怒りの声を上げた。

『――っ、ちょっと攻撃を避けたからって調子にのらないで！　今の私に、勝てる人間なんていないんだからぁ！』

叫ぶようにそう言いながら、周囲から精霊の光を集め始める。

流石にカリーナと比べれば段違いに速く、多くの精霊を集めていくが……「アデル」にとっては、何もかもが遅すぎた。

何も相手の魔法が発動するのを待ってやる必要もないので、俺も周囲から精霊の光を集めるべく意識を集中させる。

相手は半魔なので、今回は加減せずに全力で精霊を呼び込んだ。

途端、姿を現した精霊達が強大な津波のようになって押し寄せてくる。

あまりにも数が多く、視界を埋め尽くしてしまうほどの光に、相対していた半魔も、傍にいたカリーナも、口を半開きにして呆けてしまった。

ゲームでのアデルの長所は、この世界でいう感応値にある。

主人公であるせいか、他のステータスも仲間内の平均値を大きく上回っていたが、中でも精霊を呼び込む速さと量だけは群を抜いていた。

なのでステータスを限界まで上げた主人公のターンは、一人だけ長々とパズルをする羽目になったのだが……それをターン制のない現実で再現すると、こんな風になるらしい。

どの属性でも扱えるが、俺は大量に集まった光玉の中から、赤色のものを片っ端から繋ぎ合わせていった。

半魔が一つの魔法を発動させる前に、二十の魔法を完成させる。

幾つもの光玉が消費され、俺の体から魔法が発動する時の光が放たれた時。

それを呆然と見届けていた半魔が、自分の行く末を悟って絶望の表情を浮かべた。

『ごめんなさい、お祖父様。私は――』

言葉が最後まで綴《つづ》られる前に、同時起動した魔法が放たれる。

火属性の中級魔法【イラプション】の十九連打。

半魔の足下から火柱が連続して噴き上がり、激しい炸裂音を鳴らしながら真っ直ぐに体を空へと打ち上げていった。

観客席を巻き込んでしまわないための魔法なので、おそらくこれだけでは半魔を倒しきることはできないだろう。

やがて十九発全てが半魔に命中し、その体が空高くに上昇したあたりを狙って、俺は続けて火属性の上級魔法【エクスプロージョン】を発動させる。

王都を一撃で半壊させるであろう威力を持つ爆発により、空に巨大な炎の華が咲いた。

花火というには火の色に趣がないが……大きさだけは日本の打ち上げ花火よりも遥かに巨大であり、地面を揺らすほどの音は王都にいた全ての人間を圧倒する。

遥か上空にあるはずの火は、地上にいる人々の頬にまで熱を伝えた。

祭りの最中であった王都が、一斉に静まり返る。

静寂の中、俺は半魔の体が完全に消し飛んだのを見届けてから、地面に座り込んでいるカリーナに目を戻した。

「レベッカ……」

ポツリと、カリーナの口から一人の少女の名前が呟かれる。

彼女はその後も、どこか悲しそうな表情を浮かべて、半魔が消えた空をいつまでも見上げ続けていたのだった。

The 20th story

第二十話——世間知らず

Raising Project: a pupil of the strongest Brave

魔族の乱入により、魔法大会の決勝戦が中止となってしまった日の夜。

お祝いをするということで、ヘレナとエミリアの二人は、アデルの屋敷に来ていた。

事後処理でウリエルが遅れるそうなので、先にカリーナ、ヘレナ、エミリアの三人は、アデルの屋敷の近くにある、入浴のためだけに建てられた施設へと赴く。

その入り口にある脱衣場で服を脱ぎ、中の浴室へと足を踏み入れた途端、ヘレナとエミリアは感嘆の声を上げた。

「ふわ～……私、こんなに広くてキラキラしたお風呂、初めて見た」

「私も、ここまでのは見たことない」

二人が、物珍しげにキョロキョロと浴室の内装を見回している様に、カリーナは懐かしいものを見たような気分になる。

自分が初めてここに入った時も、二人と似たような反応をしていたのだ。

思えば今からたった二ヶ月前ぐらいのことなのだが、不思議なことに、もう随分と前のことのように思える。

それだけ、アデルの屋敷で過ごした時間が、濃密だったということだろう。

「凄いなぁ。お金持ちの家って、みんなこんなお風呂に入ってるの？」

ヘレナの問いに、カリーナは苦笑しながら首を横に振った。

「たとえ王族でも、このような湯浴《ゆあ》みはできないはずですわ」

「そ、そんなに？」

想定以上の答えに、ヘレナが狼狽《うろた》える。

自分が今どれだけの贅沢をしているのかを知って、ちょっと気後れしている彼女を、先にかけ湯をして浴槽に入っていたエミリアが手招きした。

「……ヘレナ、入ってみたら分かる」

彼女に誘われるまま、ヘレナも広大な浴槽に歩み寄り、恐る恐るといった様子で足の先から湯に沈めていく。

やがて肩まで湯の中につかると、彼女の体が淡い光に包まれた。

「な、何これ？」

自分の体を見回して戸惑いの声を上げるヘレナに、カリーナは自分がウリエルから教えてもらったことを、そのまま説明する。

「その湯につかると、魔力が回復したり基礎能力が一時的に上がったりするそうですわ」

「さ、流石はアデル師匠。お風呂からして規格外とは……一体、どういう仕組みになっているんだろう？」

ヘレナは感動したような声を上げつつも、浴槽の縁や底を注意深く観察していく。

戦闘系の流派に入門できる力がありながら、生産系の道を選ぶほどに魔道具の発明が好きな彼女は、この不思議な風呂に強く好奇心を刺激されたようだ。

今にも頭の下まで潜って浴槽の調査をしそうなヘレナに、彼女が湯につかる際に見逃せないことがあったカリーナは、浴槽の傍に立って注意した。

「それとヘレナ、かけ湯をしない入浴はマナー違反ですわよ」

「うげ、そうなの？　ごめん、かけ湯って何？」

バツが悪そうに謝って、かけ湯のことを聞くヘレナを、隣でジッと湯につかっていたエミリアがフォローした。

「この近辺では、そういった習慣は一般的でないはず。カリーナの言うことは正しいけど、ヘレナが知らないのも無理はない」

「え、そうなんですの？」

ウリエルからは教えてもらっていなかった事実に、カリーナが戸惑った声を上げる。

大きさや豪華さは劣るものの、似たようなお風呂が実家にもあったので、てっきりウリエルから教わったマナーが普通だと思い込んでいたのだ。

だがそれは勘違いだったらしいと、後に続く話で知ることになった。

「ランドリア王国周辺の人の多くは、浴槽は体を清潔にする場所だと捉えている」

「え、それが普通でしょ？」

ヘレナの疑問に、エミリアは頷く。

「この大陸では、そう。でもここから東に位置する大陸では、浴槽の湯はつかって楽しむもので、体を洗う場所ではないと考えられている。だから、向こうの人は湯を汚すと怒る」

アデルやウリエルは、百六十年前にあった厄災の際に世界中を旅したと聞く。

だから、二人が東大陸の文化に精通していてもおかしくはなかった。

ここで教わったことを、ただ鵜呑《うの》みにして深く考えていなかったことに、カリーナは恥ずかしくなる。

「このお風呂は、東大陸の文化に近い。だから、カリーナの言う通り体を清潔にしてから入るのが普通。ランドリア王国の貴族は、最近この東大陸の風呂文化を好んで取り入れている人がいると聞くけど、そうでない一般市民までには浸透していない」

「……知りませんでしたわ」

エミリアの解説に、カリーナは改めて自分の世間知らずぶりを思い知らされた気分だった。

世界にはまだまだ自分の知らないことがあるのだと、深く実感する。

恥ずかしさで頬が熱くなるが、体はちょっと寒くなってきたので、カリーナも自らにかけ湯をしてから浴槽に入った。

「それにしても、東の大陸かぁ……たしか、エルフが住んでいるんだよね？　どんな人達なんだろう？」

「私達は、冬になれば会える」

エミリアの言葉には、彼女とカリーナだけでなく、ヘレナも含まれていた。

決勝は中止となってしまったが、王都の魔法大会で入賞が確定しているカリーナとエミリアは、冬に四大陸の中心にある島で行われる世界大会で、東大陸の代表とも戦うことになっている。

そしてヘレナも、魔道具の品評会で初参加にして特別賞を獲ったことを高く評価され、同じ場所で開催される魔道具の大会に参加できることが決まっていた。

「……たしか、トウェーデ魔法学院の代表は、最近はずっと世界大会で勝ててないんだっけ？」

ヘレナが、魔法大会の成績を思い出して心配そうな声を上げる。

東大陸のエルフ。

北大陸の獣人。

南大陸のドワーフや海人族。

他大陸で代表になる者は、人間よりも強い種族がよく顔を出してくる。

人間以外の他種族が存在していない西大陸代表は、世界大会では惨敗してばかりだった。

そのせいか、戦う前から諦めているような生徒も珍しくなく、ランドリア王国の魔法使いで世界大会に期待している者は少なかったりする。

だがエミリアは、そんな実情を知りつつも自信ありげな声を上げた。

「心配ない。今年は、私とカリーナがいる」

「二人なら、本当に勝っちゃいそう。私も頑張らないとなぁ」

「……冬までに、もっと強くなりたいですわ」

魔族と相対した時の不様な自分を思い出して、カリーナは唇を噛んだ。

相手は、人間の魔法使いでは敵わないとされる超常の存在だ。

そんな相手と戦って手も足も出なかったことに、悔しいと思うのは変なのかもしれない。

でもカリーナは、あの時の自分が酷く情けなく思え、現状をどうにかしたいと強く思っていた。

何やら思い詰めた様子のカリーナを見て、ヘレナはふと彼女が置かれている立場のことを思い出した。

「……そういえばさ、カリーナは実家に帰れそうなの？　決勝はあんなことになっちゃったけど、大会で入賞は果たしたんだし、カリーナのお父さんが言ってた条件はクリアできたんだよね？」

「え、ええ……」

「あれ？　嬉しくないの？」

カリーナの歯切れの悪い反応に、ヘレナが不思議そうに首を傾げる。

「……少し、考えたいことがありますの」

「悩んでいるなら、相談にのるよ？」

「ありがとうヘレナ。でも、大丈夫ですわ」

そう言ってカリーナが微笑むと、ヘレナは納得したのか、それ以上は彼女の実家について何も聞いてこなかった。

実は、考えているというのは嘘である。

もうカリーナの中で、答えは決まっていた。

彼女の結論は、ともすれば自分を心配してくれていた人達を裏切ることになるかもしれない。

もしかしたら、誰かを失望させることになるかもしれない。

でもカリーナの胸中に、迷いが生じることは一切なかった。


アデルから言われていた夕飯の時間に合わせて、カリーナ達が屋敷に戻ってくると、食堂には既にウリエルの姿があった。

ぷぴ～っと、どこか間抜けな音を立てる楽器を懸命に吹いている彼女に、ヘレナが怪訝そうに声を掛ける。

「ウリエル様、何してるんですか？」

「ちょっと依頼の報酬を渡していただけよ～」

ウリエルがそう説明するも、椅子に座ったまま項垂れて真っ白になっているアデルに、ヘレナは頭に疑問符を浮かべた。

「報酬を受け取った人の反応には見えないんですが……」

「おかしいわね～？　アデルはこの報酬があると、いつも最優先で依頼を受けるぐらいに好きだったはずなんだけど……」

アデルの反応に、ウリエルも本心から戸惑っているようだった。

憔悴しきった彼の様子に、カリーナも不安になってくる。

「師匠、どこか具合でも？」

「……いや、大丈夫だ。ちょっと自分の考えの甘さを痛感していただけだ」

「はあ……」

一体彼が何をそんなに思い悩んでいるのか、カリーナには分からない。

きっと今の自分では理解の及ばない、重大な何かがあったのだろう。

自分如きがアデルの力になれるとは思えず、カリーナは大人しく口を噤《つぐ》んだ。

食堂に、何とも言えない沈黙が降りる。

その少し重たくなってしまった空気を払拭するように、ウリエルが手を叩いて弾んだ声を上げた。

「そうそう、今日の晩ご飯はちょっと凄いわよ〜」

彼女の言葉につられて、カリーナはテーブルの上に並んだ料理に目を向ける。

魚介類を贅沢に盛り付けたサラダや、茶褐色の鮮やかな焼き色の付いたパンなど、相変わらずどれも美味しそうに見えるが……一番目についたのは、今も黒い鉄板の上でジュウジュウと音を立てて香ばしい匂いを漂わせている肉料理だった。

「……ステーキですの？」

たしかに、とても美味しそうではある。

だが、いつもと違ってあまり珍しさはない料理に、カリーナは不思議そうに首を傾げた。

「う～ん、なんだろう？　昨日の料理と比べちゃうと……」

「普通」

エミリアとヘレナの反応も、どこか微妙だった。

昨晩に振る舞われた料理が、特に珍しく味も美味しかったので、見た目だと今日の料理は地味に映ったのである。

「さあ、冷めないうちに頂きましょう～」

そう言いつつウリエルは、ステーキには手をつけずに、真ん中がくびれている変わった形の容器を手に取って自分の杯に酒を注いでいく。

目を据わらせて、ちろりと舌なめずりしているウリエルに少しだけ引きながらも、カリーナ達も席に着いて、それぞれ料理を食べることにした。

カリーナは備え付けられたナイフとフォークを手に、まずはメイン料理らしいステーキから取り掛かる。

分厚めの肉にナイフを入れると、思っていたよりもすっと切れていった。

ナイフの切れ味が特別に良いのではなく、肉が軟らかいのだ。

僅かに赤みのある断面から、肉汁がじわりと滲み出る。

カリーナは一口サイズに切り分けたそれを、フォークで口に運び――

舌の上に広がった肉の旨味に、大きく目を見開いた。

しばし体を硬直させた後、口の中で転がる小さな切れ端を大切に咀嚼し、名残を惜しみつつ飲み下す。

長らく味の余韻にひたってから、カリーナはようやく声を出すことができるようになった。

「美味しいですわ……」

この二ヶ月間で、アデルの作る美味な料理の数々に、カリーナはある程度慣れたつもりでいた。

だが今日のこの料理は、そんな彼女をもってしても衝撃的な美味さだったのだ。

普段からアデルの料理を食べているカリーナですらこうなのだから、彼女の両隣に座る二人の反応は推して知るべし。

ヘレナは、あまり人に見せられないようなレベルで顔を蕩《とろ》けさせ、エミリアは表情こそ動かないものの、手からフォークを取り落としてしまっていた。

「――ん～っ、噛まなくても舌の上で蕩ける……これって、本当にお肉なの？　私こんなに美味しいもの、食べたことないよ」

「……これは、何の肉？」

二人の疑問に、三人の食べっぷりを見守っていたアデルがあっさりと応えた。

「ドラゴンだ」

「「ドラゴンっ⁉」」

ヘレナとカリーナの驚愕の声が、同時に発せられて重なる。

カリーナ達にとってドラゴンといえば、最下級のものでも一匹を倒すのに一級クラスの魔法使いが何人も必要になるほどの怪物という認識だった。

ドラゴンの鱗や骨などは高級な装備品の素材になると知られているが、危険度と見返りが全く釣り合わないので、人里を襲わない限りは人間から生きたドラゴンに手を出すことはない。

ドラゴンからも滅多なことでは人のいる場所に姿を現さないので、最近では戦うどころか遭遇したという話さえ聞かなくなっていた。

だからドラゴンの肉を食用にするという発想自体が普通ではなく、それをこともなげにやってしまうアデルに、カリーナは彼の途方もない力を改めて実感させられてしまう。

「アデルのドラゴンステーキは、お酒のお供に最高なのよ～。まあ本当なら、ワインの方が最適なんだけど――」

ウリエルは、なみなみと酒の注がれた杯を一息で飲み干すと、実に幸せそうに息を吐いた。

「あぁ、この果物のような芳醇《ほうじゅん》な味わい。濃厚なのに、爽やかな喉こし。……やっぱり八塩折仙酒は、最高だわ～」

「や、八塩折仙酒って……」

商人の娘として、小耳に挟んだことのあるお酒の名前に、ヘレナが驚愕を通り越して苦笑してしまう。

少しでも出回れば、酒好きの貴族がこぞって値をつり上げるであろう酒を、浴びるように飲んでいるのだ。

そんなのを見せられれば、驚くのに疲れて笑ってしまうのも無理はないだろう。

「ほら、アデルも飲んで～」

「俺は遠慮する」

しばらくして酔ってきた彼女がしつこく酒を勧めるも、アデルは頑なに飲もうとしなかった。

そんな彼に、ウリエルは子供のように唇を尖らせる。

「んん〜？　アデルったら、私のお酒が飲めないって言うのかしら〜？」

「……い、意外と酒癖悪いんだな」

アデルは腕に絡みついてくるウリエルに、ひどく狼狽えた様子で目を彷徨わせ……ふとヘレナの視線に気が付いて、声を掛けた。

「飲みたいか？」

「はい、流石に八塩折仙酒と聞いたら、ちょっとだけ興味が……」

「どうぞ〜」

すかさずヘレナの前に杯を用意して、ウリエルが酒を注ぐ。

噂に聞く伝説にも等しい酒に、ヘレナは一滴もこぼさないよう慎重に杯を持ち上げて、ゆっくりと口に含んだ。

「うっ……何これ？　美味しいけど、すっごく濃い」

一口で顔を赤くしたヘレナが、パタパタと手で自分を煽《あお》る。

彼女が戸惑いながらもチビチビと酒を飲んでいくのを見届けて、ウリエルは絡む相手をカリーナに移した。

「ほら、カリーナさんも飲んで〜」

「でも、わたくしは――」

お兄様に、絶対に飲むなと言われている。

カリーナがそう言う前に、ウリエルは強引に酒の注がれた杯を彼女に押しつけた。

「今日ぐらいは、いいじゃない～」

「え、ええ。では、一口だけ……」

断れそうにない雰囲気にカリーナは、つい勧められるがまま、八塩折仙酒を口にしてしまう。

お酒とは思えないほど甘い味わいに目を丸くしてから、口に含んだものをゴクリと飲み下し……

途端、胸のあたりがカッと熱くなった。

世界がぐらぐらと揺れ、うまく考えが纏まらなくなる。

「お、おい、大丈夫か？」

アデルの心配そうな声も、今のカリーナには届いていなかった。

とにかく体が熱く感じられ、少しでも涼もうと自らの服に手を掛ける。

「ふあぁ、体が熱いですわぁ～」

「わわわわわっ、カリーナ、服を脱いじゃ駄目！」

ヘレナが、慌てた声を上げてカリーナを止める。

その間に、ウリエルはエミリアにもお酒を飲ませていた。

「さあさあ、エミリアさんもどんどん飲んで～」

「お婆ちゃんが、川の向こうで手を振っている……」

「うあああ、エミリアはそれ以上飲んじゃ駄目！」

一口で顔を真っ青にしたエミリアに、ヘレナが悲鳴に近い声を上げながら、彼女の手からお酒を取り上げる。

ヘレナの手から解放されたカリーナは、席を立ってふらふらとアデルに歩み寄り、倒れ込むようにしがみついた。

「師匠ぉ～」

「これまた、見事に出来上がってるな……」

「わたくし、怖かったけど頑張りましたわ～。だからもっと——」

言いながらアデルの手を取り、それを自分の頭の上に乗せる。

するとお酒のものとは違う、暖かいものに胸が満たされて、カリーナは幸せな気分でゆっくりと瞼を閉じた。

「あら～、カリーナさんたら、意外と大胆ねぇ」

その声を聞いたのを最後に、眠りに落ちてしまう。


次の日の朝。

前の時とは違っておぼろげにだが残っていた記憶に、カリーナは盛大に悶《もだ》える羽目になり、二度とお酒は飲まないことを誓ったのだった。

第二十一話――表彰式にて

The 21st story

Raising Project: a pupil of the strongest Brave

幾つもの校舎が建ち並ぶ、トウェーデ魔法学院の敷地内。

その中央には、どこか教会を思わせる巨大な石造りの講堂があった。

天井が高く、壁一面に施されたステンドグラスを通して差し込む光が、中を煌びやかに照らしている。

幾つも並ぶ石柱が、華やかさの中に重厚な雰囲気を加えており、中にいる人々の背筋を自然と伸ばす力があった。

壮麗でいて神聖さを失わず、程よく空気が張り詰めた場所。

トウェーデ魔法大会の表彰式は、そんな厳かな場所で執り行われた。

ウリエルの手配によって用意された貴賓席に座りながら、俺は講堂の最前部にある壇上で順番に表彰されていく学院の生徒達を眺める。

なるべく周りを見ないよう、ひたすら視線を固定する。

どうしてか、この式典のメインであるはずの生徒よりも注目を集めている気がするが、努めて無視する。

話によると、今日の表彰式を見に講堂に集まった人の数は、例年よりも大幅に増えたらしい。

いつもと違って、天使であるウリエルが直々に生徒を表彰しているというのもある。

でも、観衆が増えたことの一番大きな原因は俺だった。

いや、俺というよりは「アデル」と言うべきか。

魔法大会の決勝戦が、魔族の襲撃により中止になった日。

大勢の人々が見ている前で戦ったことがきっかけで、俺の正体がバレたのだ。

不幸中の幸いと言うべきか、学院の生徒が弟子入り先を選べる期間は過ぎていたので、弟子入り志願者が屋敷に殺到するという事態にはならなかった。

というか、実はあの屋敷には俺も認知していなかった結界が張られてあるらしく、俺と親しい人間しか森を通り抜けられないとのことだ。

だから、俺の正体がバレた後も屋敷は平穏そのものだった。

逆に、王都はしばらく大騒ぎになっていたらしいが……

ウリエルによると、ランドリア王国の王族や貴族はもちろん、豪商やあらゆる分野の著名人などが、「アデル」との面会を求めているらしい。

この世界では比類無き英雄扱いであるアデル・ラングフォードが近くにいるとなれば、周囲の反応がそうなってしまうのは理解できる。

でも正直、勘弁して欲しかった。

皆が敬愛してやまない「アデル」の中身は、今はしがない元大学生の男なのだ。

誰かと会って話すたびにボロが出て、幻滅させてしまいそうである。

なので本当なら、できる限り屋敷に引き籠もっていたかった。

でも弟子であるカリーナ達の晴れ舞台を見ないわけにもいかず、今日だけはこうして人前に出てきたのである。

沢山の好奇の視線を我慢しながら、前を向いて彼女らの出番を待つ。

ちなみに、貴賓席には力のある魔法使い達も多く座っているのだが、意外と派手な装いをしている者は少なく、地味めの服を着ている者が多かった。

アデルの正体がバレて以降、どうしてか王都の魔法使いの間で、普段は地味な服装でいることがブームになっているのだそうだ。

おかげで、服装に関しては悪目立ちせずに済んでいる。

次々と大会で入賞した生徒が表彰されていくのを見ていると、やがて魔道具の品評会で特別賞を獲得したヘレナが、壇上に上がった。

途端、講堂の空気が少し熱を帯びる。

ヘレナは他の生徒よりも、明らかに強い注目を浴びていた。

大勢の人の視線に晒される中、彼女は気負った様子もなく、自然体のままつつがなく賞牌《しょうはい》を受け取っていた。

俺なら緊張で体を固くしていたと思うので、感心してしまう。

カリーナが壇上に姿を現したのは、表彰式の最後だった。

彼女はヘレナと違い、見るからに表情を強張らせてガチガチになっていた。

右手と右足が一緒に出ているし、今にも躓いてしまわないか見ていてハラハラさせられる。

うん、それでこそ俺の弟子だ。

隣にはエミリアがおり、緊張で動きが鈍い彼女をさりげなく助けていた。

今までは一人ずつ壇上に登っていたのが、最後だけは二人同時にウリエルの前に立つ。

あの時に中止になった決勝戦は、諸々の事情によってその後も行われず、カリーナとエミリアのダブル優勝ということになったのだ。

またそれとは別に、魔族に果敢に立ち向かったことを評価して、この場で勲章が送られることになっていた。

カリーナ達は手も足も出ずに惨敗したというのに、天使から褒美を授与されるというのは変に思う人もいるかもしれない。

だが少なくとも、試合場にて実際に魔族を目にした人間の中で、疑問を呈する者は一人もいなかった。

人間の身でアレに立ち向かうというのが、どういうことなのかを思い知ったからだ。

あの時の行動が、魔法使い達の間でカリーナの評価をさらに跳ね上げていた。

彼女達を、勇気ある者……新たな勇者だと囁く者も中にはいるらしい。

なので講堂の壇上でカリーナとエミリアの二人が賞牌を受け取った時は、今日の式典で一番大きな拍手が鳴った。

既に、彼女達のファンになった者が少なからず出てきているらしく、時折だが声援らしきものも飛び交っている。

少し前まで、弟子入り先が見つからず路頭に迷いかけていたとは思えない躍進ぶりである。

今はもう、カリーナのことを劣等生だと思う者は誰もいないだろう。

むしろ、多くの人々に将来を渇望される人間の一人であるはずだ。


だから、あの男がカリーナの前に姿を見せたのは、必然の流れだった。


全ての入賞者への授賞を消化したことで式典が終わり、俺がカリーナ達との待ち合わせ場所である講堂裏に赴いた時。

彼女の父親……アイザックが、兄のカラムを伴ってカリーナに会いに来ていたのである。

「久しぶりだね、カリーナ。元気にしていたかい？　心配していたんだよ」

「お父様……」

なんとなく間に割って入るのが躊躇われて、足を止めてしまった。

まだ距離があったので、三人は俺のことに気が付いていない。

かろうじて声が聞こえる場所に立ち、俺は事の成り行きを見守ることにした。

「聞いたよ、あのアデル・ラングフォードの弟子になったそうだね。しかも、先日の魔法大会では優勝までしたそうじゃないか。素晴らしいよ、カリーナ」

「ありがとうございます」

なんだろう？

カリーナの声が、硬い気がした。

彼女は、あんなにも家に帰ることを望んでいたはずなのに……父親であるアイザックから称賛を受けても、あまり嬉しそうには見えない。

むしろ、何かを思い詰めたように顔を俯かせている。

だがアイザックは、そんな彼女の反応に構うことなく、話を続けた。

「流石は、ラッセル家の娘だ。お前は、私の誇りだよ」

父親のその言葉は、暗にカリーナをラッセル家の一員だと認めるものだった。

彼女の悲願が今、叶ったのだ。

これで、カリーナは晴れてラッセル家へと戻ることができる。

カリーナは顔を上げ、今にも涙がこぼれ落ちそうなほどに潤んだ双眸で、アイザックの目を見返した。

彼女の表情が歓喜に彩られ……ることはなく、何かを決意したかのような顔で、首を横に振る。

「いいえ、お父様。わたくしの名に、家名はありませんわ」

「……カリーナ？」

カリーナの返事に、これまでアイザックの後ろで静観していたカラムが、困惑した声を上げた。

そんな兄の姿に、カリーナは心苦しそうにしながらも言葉を続けた。

「わたくしは、ただのカリーナとして生きていきます」

「……それが、お前の望みかい？」

アイザックの問い掛けに、カリーナは小さく、だがハッキリと頷く。

そして最後に、父親だった男に彼女は深く頭を下げた。

「今まで育てて下さり、ありがとうございました。このご恩は、決して忘れません」

「そうか……」

カリーナのその言葉をきっかけに、アイザックの目から彼女への関心が完全に消え失せたように感じた。

表情は相変わらず微笑みを湛えたままだ。

でも、それ以上は何の言葉を交わすことなく、アイザックはカリーナに背を向ける。

背筋が、ゾッとした。

貴族の親とは、みんなあんな感じなのだろうか？

少なくとも俺には、二人の関係が親子のようには見えなかった。

アイザックが、カリーナを家族として愛しているようには思えなかった。

まあ、子供を捨てる父親がまともな人間だとは思っていなかったけど……

アイザックの背中が見えなくなって、ようやく頭を上げたカリーナは、今度は渋い顔をして残っていたカラムに、消え入りそうな声を掛けた。

「ごめんなさい、お兄様……」

体を小さくして謝るカリーナに、カラムが苦笑する。

「謝らなくていいよ、カリーナ。お前がそう決めたのなら、俺は何も言わない。それに……正直、とても痛快だったからね」

ああ見えて、けっこう悔しがっているんだよ……という言葉に、カリーナは目を丸くする。

そんな彼女に、カラムは表情を柔らかくした。

「でも、何か困ったことがあったら、いつでも俺の所に来い。たとえラッセルではなくても、お前は血の繋がった俺の妹なのだから」

「……ありがとう、お兄様」

アイザックの後だと、カラムがすごく良い奴に思えた。

ちょっとだけ、目頭が熱くなる。

やがてカリーナがカラムとも別れたあたりで、俺は彼女に向かって歩みを再開させた。

こういう時、何か気の利いた言葉を思いつけたらいいのだが……俺の頭では、無難なことしか言えなかった。

「よかったのか？」

「……はい」

その問い掛けに、カリーナはカラムが歩き去っていった方向を見たまま頷く。

「なんでまた？　帰りたかったんじゃなかったのか？」

「ええ、帰りたいと思っていましたわ。でも――」

カリーナはそう言って、何かを思い出すように目を閉じた。

「小さな世界で内側ばかりに目を向けてきたせいか……今のわたくしの狭い視野では、何も見えないことに気が付きましたの」

話によると、彼女はラッセル家からあまり外に出たことがない上に、ずっと魔法使いとしての力を上げることに必死で、それ以外のことを知ろうともしていなかったらしい。

俺の屋敷に来ることで、カリーナはようやくそんな自分のことに気が付いたのだと言う。

「わたくしは、わたくしが思っていた以上に無知でしたわ。世界のことを、何も知らない。普段から入っていたお風呂のことでさえも、知らないことだらけで……どうしてレベッカに、あれほど恨まれることになったのかも、未だによく分かっていなくて……」

あの魔族の正体がレベッカという少女だったらしいことは、俺も既に知っていた。

見るからに仲が悪そうだったから、あまり気に病んでいないと思っていたのだが……どうやらそれは、俺の勘違いだったようである。

カリーナは、レベッカのことを理解しようと、ずっと考え続けていたのだ。

「だから外の世界で、もっと色んなことを知りたいと思いましたの。わたくしには、知らないことが多すぎますわ」

そこまで話すと、カリーナは俺に顔を向けて申し訳なさそうに目を伏せた。

「師匠には、ご迷惑をおかけしてしまいますけれど……」

声を沈ませる彼女に、俺は苦笑して手を横に振る。

「迷惑じゃないって。それに――」

とそこで、新たに弟子入りを果たしたエミリアとヘレナが、待ち合わせ場所にやって来るのが遠目に見えた。

「今はもう、三人……いや、実質的に四人か……も居候がいるんだ。今さら気にすることじゃないだろう？」

カリーナも二人の姿に気が付いて、顔を上げる。

しばらくは、この四人＋一人で暮らすことになるのだ。

これがカリーナの家族の代わりにはならないかもしれないが……それに近い関係を作れればいいなと思う。

「よし、じゃあ家に帰るか」

「はい」

まだ少し元気のない彼女の声に、今日の晩ご飯はカリーナの好きなものを作ってやろうと、俺は夕食の献立に思いを馳《は》せたのだった。

Side Story

番外編 ―― 恋のトランペット

Raising Project: a pupil of the strongest Brave

木漏れ日が窓から差し込み、心地よい暖かさが漂う屋敷の書斎。

パラパラと本のページを捲る音だけが響き、まるで微睡《まどろみ》の中にいるかのような、ゆっくりとした時間が流れる中、椅子に座って魔法書を開いていたカリーナが、ふと何かに気が付いて小さな笑みを浮かべた。

「ほんの少しだけ、師匠の匂いがしますわ」

恐らくは、少し前までアデルがこの本を読んでいたのだろう。

カリーナが、微かに彼の匂いのするページを愛おしそうに指でなぞっていると、彼女の近くで別の本を読んでいたヘレナが頬を引き攣《つ》らせた。

「カリーナ、流石にそれは引くわ～」

「えっ？　わたくし、何か変なことを言いました？」

「何がって……」

戸惑いの目を向けてくるカリーナに、本気で分かっていなさそうな気配を感じ取って、ヘレナが苦笑する。

「いや、お師匠様の匂いを嗅いでニヤニヤしているのは、ちょっと……普通は、本についた匂いなんて分からないはずなのに」

ヘレナがそう言うと、同じく二人の近くに座っていたエミリアが、手元の本から目を離さないまま頷いた。

「うん。ちょっと変態っぽい」

「へ、変態……ですって？」

ボソッと呟くようなエミリアの言葉に、カリーナが表情を強張らせる。

学院の成績のことなどで、同級生から貶《けな》されることが多かったカリーナだが、そんな彼女でも変態呼ばわりされたのは初めてだった。

それも、あまり冗談を言う性格ではないエミリアにだ。

全く自覚していなかった性癖を指摘され、動揺からしばし固まる。

やがて、たっぷりと時間をかけて衝撃から我に返ると、カリーナは二人に言い訳をするように捲し立てた。

「でもほら、師匠ってなんだか良い匂いがしません？　こう、安心するというか、落ち着く匂いがしますの」

「だから、それはカリーナだけだって」

「そ、そんなことは……」

カリーナが同意を求めてエミリアに目を向けるも、彼女にも首を横に振られてしまい、がっくりとうなだれる。

どうやら本気で落ち込んでしまったらしいカリーナに、エミリアは本に向けていた顔を上げてフォローした。

「カリーナの場合は、アデル師匠の匂いが好きなんじゃなくて、アデル師匠の匂いだから好きなんだと思う」

「……？　それは、何が違うんですの？」

「やっぱり、本人には自覚なしか～」

不思議そうに首を傾げているカリーナに、ヘレナが困ったような顔で頬を指で掻く。

「お師匠様に弟子入りした時から、怪しいところはあったのだけどね～」

「ここまであからさまになったのは、トウェーデ魔法学院の大会が終わったあたりからだと思う」

「何の話ですの？」

困惑した様子のカリーナを見て、二人が揃って溜息をついた。

実のところ、この屋敷に出入りする者でカリーナが抱いている想いに気が付いていないのは、本人とアデルだけだったりする。

「まさかとは思うけど、こっそりお師匠様のローブとかを嗅いだりしてないよね？」

「……」

「え、なんでそこで黙るの？」

あからさまに目を逸らしたカリーナに、ヘレナが「まさか……」と呟いて目を丸くする。

最初は口を閉ざそうとしていたものの、自分に向けられた二つの視線に耐えられず、カリーナは声を絞り出すようにして、数日前のことを打ち明けた。

それは、屋敷の外に備え付けてある魔道具を使って洗濯をしようと、籠の中にたまった衣服を持ち出した時のことである。

屋敷の掃除や服の洗濯など、料理以外の家事は弟子の三人でやっており、その日はカリーナの当番だったのだが……彼女は途中で躓いて、洗濯物を籠から落としてしまったのだ。

それで慌てて服を回収しようとしたところ、自分と初めて会った時にアデルが着ていたローブが、その日の洗濯物の中にあることに気が付いたのである。

カリーナがローブを手にとって懐かしい気持ちに浸っていると、ふとアデルの匂いが鼻を掠めた。

すると、どうしてか胸の奥から心地よい暖かさが湧き上がってきて――

「それで、その、無意識のうちといいますか、気が付いた時には……」

「嗅いでたんだ？」

「ち、ちょっと顔を埋めていただけですわ」

「埋めたんだ……」

カリーナが恥ずかしさからヘレナの言葉を訂正するも、より酷くなってしまっていた。

「う～ん、これは重症だなぁ」

「やっぱり、変態っぽい」

「うう……そんなことは、ないと思いますけど……」

カリーナが消え入りそうな声を上げて顔を俯けていると、唐突に彼女の背後から、三人のよく知る声が掛けられた。

「何の話をしているのかしら～？」

そう言いながら書斎の窓から入ってくるのは、背中に三対の翼がある天使。

いつも勉強を見てもらっている、もう一人の師匠とも呼べる彼女に、カリーナは縋るような目を向けた。

「ウリエル様……」

「あら、何があったの？」

今にも白い煙が上がりそうなほど顔を真っ赤にしたカリーナが、ウリエルに事情を説明する。

するとウリエルは、朗らかな笑顔を浮かべてカリーナの意見に賛同した。

「たしかに、アデルは優しい匂いがするわね～。私は好きかしら～」

「そ、そうですわよね！　てっきり、わたくしが変なのかと――」

カリーナが、我が意を得たりと表情を明るくする。

だがウリエルが次に続けた言葉によって、一転して今度は複雑そうな面持ちになった。

「だから、ついつい抱きついちゃうのよね～」

「抱きつき……」

たしかにウリエルは、アデルに対してやたらとスキンシップが激しい。

カリーナから見ても、出会い頭の二人がひっついてなければ違和感を覚えるほどだし、アデルも慣れた様子で特に彼女を咎めることはしない。

むしろ、なんとなくだがアデルも満更でない風に思えて……胸がむず痒いような、もやもやした気分になった。

生まれて初めての経験に、その感情の正体が理解できない。

自分の感情を持て余して苦悩しているカリーナに、彼女の様子をニヤニヤと眺めていたヘレナが、冷やかすような声を上げた。

「そんなに師匠の匂いが好きなら、カリーナも抱きついてみれば？」

「そ、そんな失礼なことできませんわ！」

失礼でなければ抱きつくのだろうか？　といった、野暮なことは誰も言わない。

代わりにエミリアは、ちょっと呆れたような目をカリーナに向けた。

「……もう、告白してしまえばいいのに」

「告白って、何を告白しますの？」

「普段、アデル師匠と接していて感じていることを伝えればいいと思う」

「……たしかに、お世話になりっぱなしですし、日頃の感謝の念は伝えたいですわね」

「その鈍さ、もしかしてわざとやってない？」

エミリアの言葉を曲解して、何やら真剣に検討し始めたカリーナに、ヘレナが半眼になった。

「あら～、それならついでに、何かプレゼントを渡したらどうかしら？」

「でも、今のわたくしにはお金が……」

ウリエルの提案に、カリーナは自分の身の上を思い出して寂しそうに目を伏せる。

彼女は、つい最近、家族と離別したばかりであり、先立つものを何も持っていなかったのだ。

「別に、お金がかからないものを渡したらいいじゃん」

「お金が必要ないもの？」

ヘレナの言葉に、カリーナが頭に疑問符を浮かべる。

高位貴族の元娘で、高価な贈り物ばかりを見てきたせいか、いまいちピンと来ないのだろう。

頭を悩ませる彼女に、ヘレナは含み笑いを浮かべた。

「ほら、例えば自分の体にリボンを巻いて、私をもらって下さい～的なものとか」

「奴隷のことですの？　この国では、奴隷を持つことは禁止されていますわよ」

「……うん、その反応は予想外だったわ」

もちろん、禁止されていなければなってもいいの？　とは誰も言わない。

そこで、万が一にでも満更でもない顔をされたら、反応に困るからだ。

まるで、母性本能を刺激されたと言って駄目男に溺れていく女性を見ているようで、ヘレナとエミリアはカリーナの将来が心配になった。

このまま放っておけば、いつか悪い男に騙されてしまいそうである。

そんな感じで不安になっている二人を他所《よそ》に、ウリエルは微笑ましそうな様子で、手を叩いた。

「そんなカリーナさんに、丁度いい依頼があるのよ～」

「依頼って、ギルドの？　でも、わたくしは――」

「そういえば、まだ七級のままだったわね～」

今ではその実力を認められつつあるカリーナだったが、魔法使いギルドのランクを昇格させるには、学院の定期試験で好成績を取るか、定められた時期に手続きをして査定を受ける必要があるので、未だ彼女のランクは七級のままだった。

まだウリエルの言う依頼がどんなものなのかは分からないにしても、七級で受けられるような依頼はろくなものが無いのが現状である。

「でも、それならヘレナさんかエミリアさんが同伴すれば大丈夫よ～」

魔法使いギルドのマスターだけあって、規則に詳しいウリエルの助言に、カリーナは二人に目を向けた。

ヘレナは四級で、エミリアは二級。

エミリアだけでなく、生産系を志望しているヘレナも、その気になれば戦闘系の流派に入門できるほどのランクがある。

なので、二人のどちらかが付き添うなら、カリーナはウリエルが持ってきた依頼を受けることができるのだが……

「うん。私でいいなら、一緒に行くよ」

「私も行く」

「……二人とも、感謝しますわ」

友人の好意に甘えきっているようで申し訳なく思うが、ここで遠慮するのは何か違う気がしたので、カリーナは素直に頭を下げる。

いつか二人が困っていた時には、自分が力になろうと決意しながら。

「本当は、アデルに持ってきた依頼だったんだけどね～」

そう言って差し出された依頼書を受け取りながら、カリーナは首を傾げた。

「師匠に？」

「だってアデルは、昔からソレが大好きみたいなのよ～」

渡された依頼書に書かれてある内容を見て、カリーナ、ヘレナ、エミリアの三人は意外そうな表情を浮かべる。

「お師匠様って、音楽が好きなんですかね？」

「多分、そうなんじゃないかしら～？」

ヘレナの疑問に、彼と付き合いの長いはずのウリエルが、自分でも半信半疑そうな返事をしたのだった。

◆◆

カリーナ達三人がその屋敷に辿《たど》り着いたのは、夕陽が沈んで薄暗くなってくる、昼と夜の境目になってからだった。

王都の郊外にある、無人の大きな邸宅だ。

恐らくは、それなりに財力のある人間が住んでいたのだろう。

昔はさぞや煌びやかな佇まいをしていたのだろうが、今は老朽化が激しく、壁を伝う蔦《つた》や中途半端に剥がれた塗装などのせいで、おどろおどろしい雰囲気を醸し出していた。

そんな、生者に恨みを持つアンデッドが徘徊していそうな屋敷を前にして、カリーナがゴクリと唾を飲み下す。

「大丈夫？　なんか顔色が真っ青だけど」

カリーナの隣に立つヘレナが、心配そうに彼女の顔を覗き込んだ。

「え、ええ。問題ない……ですわ」

気を抜けば震えそうになる手を胸の前でぎゅっと握りしめて、どうにかヘレナに頷きを返すカリーナ。

だが本人に自覚がないのか、手の代わりに膝がぷるぷると震えてしまっている。

誰が見ても一目瞭然の怯えように、ヘレナは思わず苦笑してしまった。

「カリーナって、こういうの苦手だったんだ？」

「……わたくしも、初めて知りましたわ」

でなければ、依頼内容を読んだ時にもっと躊躇しただろう。

今回の依頼は、屋敷に発生したアンデッドの退治……ではない。

恐らく、魔法で退治できるアンデッドの類が相手であれば、カリーナがここまで怯えることはなかっただろう。

しかし三人が受けた依頼の内容は、夜な夜な鳴り響く金楽器の音の原因を突き止めてくれというものだった。

そして、目的の夜になる前に件の屋敷について事前調査をしたところ、王都の住人から奇妙な噂を聞いたのである。

曰く、あの屋敷には昔、高名な音楽家の女性が住んでいたのだが、とある悲願を叶えられないまま病気で亡くなってしまったらしい。

その悲願とは、心を奪われた男性と再会を果たし、自分の演奏する音楽を聴いてもらうこと。

彼女は、その男のために音楽を志し、耳の肥えた王侯貴族に絶賛されるまでに腕を上げたのだ。

だが肝心の男は行方知らずのままで、いつまでも再会を果たすことはできず、やがてこの世に強い未練を残して死んでしまった女性は、生き霊となって今でも自分の屋敷で音楽を奏で続けている

……という話だった。

つまりゾンビやリッチのようなアンデッドではなく、実体がなく魔法も効かなさそうな幽霊が、あの屋敷にはいるというのだ。

ちなみに、カトラ教会の教えによって霊魂の存在自体は信じられているが、人に見える形で目撃された実例はないため、その霊魂が地上にいるとは信じられていない。

天界から遣わされた天使も「地上にはいない」と言い切っているため、そういった幽霊話を聞いても鼻で笑う人が大半だった。

だがカリーナは、その幽霊が怖かったのである。

ずっと屋敷に籠もって魔法の修練にばかり打ち込んでいたせいか、自分が幽霊が苦手などと考えもしていなかった。

また新しい自分を発見できて、情けないのと同時に少し嬉しくもなる。

「どうする？　今回は、やめとく？」

カリーナのあんまりな怯えように、ヘレナが気遣うような声を掛けた。

「……いえ、行きますわ！」

涙目でガタガタ震えながらも、カリーナは気丈にそう言い切る。

師匠に喜んでもらえるような贈り物をするためだと、自分を無理矢理奮い立たせて、カリーナはあえて自ら先頭に立った。

ギィィと不気味な音を鳴らす扉を開け、恐る恐る屋敷の中へと足を踏み入れる。

そして――

「ひいやあああああああああああああああああああ!?」

いきなり、カリーナが盛大な悲鳴を上げた。

ヘレナが驚いて玄関口を見回すも、特にこれといった異変は見当たらない。

強いていうなら、扉を開けた拍子に小石が転がったぐらいだろうか？

小さな物音がしただけで怯えて抱きついてきたカリーナに、耳元で叫ばれたエミリアが眉を顰めた。

「カリーナ、煩《うるさ》い」

「も、申し訳ありませんわ……」

エミリアの抗議を聞き入れたのか、次のカーテンを幽霊に見間違えた時は、咄嗟《とっさ》に口を押さえて悲鳴を押し留めた。

「ひっ――――――ぐぅ」

「悲鳴を我慢したのは偉いけど、そのせいで気絶しかけてどうすんのさ」

息が詰まって卒倒しそうになったカリーナを、ヘレナが慌てて支える。

それからも、鼠《ねずみ》が立てた物音に、風に揺れるカーテンに、自分の足音にと、事あるごとに騒いでしまうカリーナ。

最初は、彼女が悲鳴を上げるごとに何事かと驚いていたヘレナだったが、屋敷の二階を探索し始めた頃には、すっかり慣れてしまった。

そのおかげか、今度は一つの部屋の中を覗いて口をパクパクさせるカリーナに、ヘレナは気楽な様子で応じる。

「ん～？　今度は一体何……よ……」

カリーナが指差す方向に目を向けて、ヘレナとエミリアが体を硬直させた。

三人の視線の先には、波打つ金髪を腰にまで伸ばした、小柄な女性の姿。

シンプルな白いドレスを着込んだ、儚《はかな》げな碧眼の美少女。

トランペットを大事そうに抱えて佇んでいる彼女の体が、透き通って向こう側が見えているのを確認して、流石にヘレナも声を震わせた。

「………マ、マジ?」

「ゆ、ゆ、ゆ、ゆ、幽霊ですわっ！　本物ですわっ！　憑《つ》かれてしまいますわぁぁあ！」

カリーナとヘレナが、体を震わせて互いに身を寄せ合う。

だがそんな二人とは裏腹に、エミリアは落ち着いた様子で少女を観察していた。

「二人とも、落ち着く。あれは、幽霊じゃない」

「へ？　そうなの?」

魔眼持ちであるエミリアの言葉に、ヘレナがほっと息を吐く。

カリーナは未だに震えていたが、今にも気を失いそうだった先ほどよりは落ち着けたようだった。

「アレには、魔力の流れが見える。信じられないけど、あの少女の正体は魔法。それも多分、百六十年ほど前の」

「百六十年って……」

「そんな魔法、聞いたこともありませんわ」

百六十年もの間、効果を発揮し続ける魔法。

そんな魔法を発動させるには、一体どれだけの魔力が必要になるのか、カリーナには想像もできなかった。

無理に使おうとすれば、それこそ命の危険が伴うだろう。

カリーナとヘレナが、その途方もない魔法に驚いていると、ふと少女が手に持っていた楽器を構えた。

小さな口で、トランペットの息を吹き込む場所であるマウスピースを咥《くわ》える。

そうして鳴り始めた音色に、カリーナは思わず恐怖を忘れて息を呑んだ。

トランペットを巧みに操ることで奏でられる、聴衆を魅了する旋律。

かつては大陸中に名を馳せた音楽家の演奏に、三人とも我を忘れて聞き惚れる。

ただ綺麗なだけの曲ならば、元貴族のカリーナがこれほどまでに惹き付けられることはなかっただろう。

だが少女の奏でる音には、彼女の全てが詰まっていた。

少女が歩んできた人生で経験した、喜びや安楽。憤りや、哀しみ。そして、胸に秘められた、身を焼き焦がすような情熱。

それら全ての感情が音となって溢れ、耳から直接流れ込んでくるようであった。

少女の想いが、まるで自分の想いであるかのように胸を満たす。

やがて少女の演奏が止まると、夢中になった演劇が幕を下ろした時のような満足感と、寂寥感《せきりょうかん》を覚えた。

感動から声が出ないカリーナ達を置いていくかのように、少女の姿が消えてトランペットがこぼれ落ちる。

カランッと音が鳴ると同時に、ようやくカリーナ達の時間も動き出した。

「どうして、急に消えましたの？」

「今の演奏で、魔力が尽きた」

カリーナの疑問に、エミリアが魔眼で見たことを伝える。

三人が部屋の中に入ると、窓際にあったベッドの上に、白骨化した死体を見つけた。

それを魔眼で解析したエミリアが、彼女の死因が魔力の枯渇にあることを見抜く。

「彼女は多分、病気で死ぬ寸前に命を燃やして、この魔法を発動したんだと思う」

先はなかったとはいえ、命を費やすほどの大魔法。

発動には魔力だけでなく、相当な技術も要求されたことだろう。

超一流の音楽家でありながら、魔法に関しても一級魔法使い以上の技量だ。

そんな境地に至るまでに、彼女はどれだけの努力をしたのだろうか？

どれだけの想いが、彼女を突き動かしていたのだろうか？


――もう一度、貴方に……


ベッドの端に刻まれたその文字を見つけ、ヘレナがやるせなさそうに目を伏せた。

「死んだ後でもいいから、再会を願うだなんて……よっぽど、その男の人のことを愛していたんだね」

「ええ。でも――」

結局、再会は果たされることはなかった。

彼女の思いは、届くことなく潰えてしまった。

奇しくもその瞬間を、カリーナ達は見届けてしまったのだ。

きっと男の方も寿命で死んでいることだろうし、どう足掻《あが》いても魔法は今日で止まっていたはずなので、自分達は何も悪くないはずなのだが……何とも言えない罪悪感に苛まれる。

「……これ、どうしましょう？」

床に落ちた、年代もののトランペット。

百六十年もの時が経っても全く色褪《いろあ》せた様子がないのを見るに、これは魔道具でもあるのかもしれない。

これをアデルにプレゼントすれば喜ばれるかもしれないが……名も知らぬ少女のことを思うと、この屋敷から持ち出すのは気が引けた。

せめてベッドの上の彼女の元に戻しておこうと、カリーナは床に転がっているトランペットに触れ――

『貴女は、後悔しないようにね』

ふと頭の奥で声が響いたような気がして、目を瞬かせる。

「……？　今、誰かの声が聞こえませんでした？」

「んん？　私には何も聞こえなかったけど」

「私も」

「そう。気のせいかしら？」

首を傾げながら、いつの間にか手に持っていたトランペットを、カリーナは見下ろした。

そういえば、自分は一体、この金楽器をどうしようとしていたのだろう？

たしか――

「……これを、師匠にあげようと思いますの」

「それがいいね。お腹減ったし、早く帰ろうよ」

「ご飯、食べたい」

「え、ええ」

ヘレナとエミリアも、特に反対することなく賛同する。

カリーナは奇妙な違和感を覚えるが、うまくその正体が掴めないまま、屋敷を後にしたのだった。

◆◆

その夜。

アデルの屋敷に住んでいる四人に、ウリエルを加えた面子で食堂に集まり、ちょっと遅くなってしまった夕飯を食べ終えた後。

日頃の感謝を込めてと、カリーナからプレゼントを渡されたアデルは、戸惑った声を上げた。

「……何でトランペット？」

「ウリエル様から、師匠は金楽器の音が好きだと聞いたので」

「あ〜、そういうことか……」

そう言って困ったように頭を掻くアデルの顔を、カリーナが不安そうに窺う。

「もしかして、お気に召しませんでしたか？」

「おかしいわね〜？　だってアデルは、いつもパフパ――」

「あー、あー、好きだぞ！　昔から、金楽器には目がなくてな！」

ウリエルの言葉を掻き消すように大きな声を上げたアデルが、何かを誤魔化すようにしてトランペットのマウスピースを咥える。

そうして彼が息を吹き込むと、ぷぴ〜っと間抜けな音が、屋敷の食堂に響いた。

その場にいた全員の視線を集めたアデルが、微妙な沈黙に逆らうようにして、コホンっと咳払いをする。

「………………聴くのは好きだが、吹くのはあまり好きじゃないんだ」

「そうでしたか。なら、わたくしが練習して、今度演奏しますわ」

「ああ、よろしくな」

素直に納得してくれたカリーナに、アデルがトランペットを手渡す。

すると彼女は、どうしてかトランペットを凝視したまま動かなくなってしまった。

「……どうした？」

「い、いえ、何でもありませんわ」

そう口では言いつつも、ジーッとトランペットの吹き口を眺めている。

時折チラチラとアデルの口元にも目をやっていたかと思うと、カリーナは急に食卓の席を立った。

「わたくし、ちょっとこれを部屋に置いてきますわ」

トランペットを力強く握りしめているカリーナに何かを察したのか、他の面々がどこか生暖かい視線を彼女に浴びせる。

「あらあら～」

「カリーナ……それはちょっと……ねえ？」

「やっぱり、変態っぽい」

「まだ何もしていないのに、失礼ですわよ⁉」

「何だ？　何の話だ？」

皆の話についていけず、アデルが怪訝そうな目をカリーナに向ける。

「なんでもありませんわ！　師匠はお気になさらずっ！」

彼女はそう言うと、アデルの視線から逃げるようにして、退室してしまった。

続いて他の面々も、少し時間を置いてから示し合わせたように食堂を出て行く。

「……何だったんだ？」

ぽつりと呟かれたアデルの疑問に、応えはなかった。

数分後、とある部屋からこっそり金管楽器の音が鳴ったのを知らぬ者は、アデルしかいない。

栖原依夢（すはら・いむ）
関西出身。2011年よりネット上で小説を公開し、2013年に商業デビュー。
趣味はエンタメ全般と飼っている犬達と戯れること。
「息抜きの合間に人生」という某漫画の台詞がしっくりきてしまう駄目人間。

イラスト **吉武**（よしたけ）

最強勇者の弟子育成計画
（さいきょうゆうしゃのでしいくせいけいかく）

2014年12月6日　第1刷発行

著者　栖原依夢

発行人　蓮見清一
発行所　株式会社 宝島社
〒102-8388　東京都千代田区一番町25番地
電話：営業03（3234）4621／編集03（3239）0599
http://tkj.jp
振替：00170-1-170829（株）宝島社

印刷・製本　サンケイ総合印刷株式会社

乱丁・落丁本はお取り替えいたします。

ISBN978-4-8002-3374-5